죽은　자의
블랙박스를
요청합니다

죽은 자의
블랙박스를
요청합니다

세웅 장편소설

팩토리나인

차례

고독사

평온했던 일요일을 보낸 월요일 새벽 2시.

막 잠자리에 든 은하를 깨운 것은 아빠의 전화였다. 새벽에 걸려 오는 전화는 언제나 불길하기만 하다. 특히 그 전화가 따로 떨어져 사는 부모님에게서 온 것이라면 더욱 그렇다.

"은하야, 진 이모가 돌아가셨어. 엄마랑 아빠는 경찰서에 와 있고, 이모 시신은 내일 아침 비행기로 도착할 거야. 아침에 세인병원 장례식장으로 바로 오거라."

역시 불길한 예감은 틀리는 법이 없다. 아버지의 목소리는 건조했다. 아마도 옆에서 슬픔을 억누르고 있을 엄마의 감정을 건드리지 않기 위함일 것이다.

진 이모는 은하 엄마의 언니이자 사진작가다. 이모는 프랑스 파리에서 20년 이상 패션 사진작가로 활동하고 있었다. 한때는 잘나가는 사진작가로 이름을 알리기도 했다. 패션잡지에 이모의 사진이 실릴 때면 은하의 엄마는 잡지가 닳도록 들고 다니며 만나는 사람들마다 자랑을 늘어놓곤 했다.

이모의 사망 소식을 들은 은하는 어린 시절 외할아버지가 돌아가셨던 때의 기억이 떠올랐다. 할머니가 세상을 떠난 뒤 할아버지는 쭉 혼자였다. 한 달에 한 번쯤 은하네 가족이 찾아가거나, 명절 때 할아버지가 은하네 집으로 오시는 게 만남의 전부였다. 은하가 초등학생일 때 가족 여행으로 보름간 유럽에 다녀온 적이 있었는데, 여행 내내 할아버지께서 연락을 받지 않았다. 귀국 후 엄마가 할아버지 댁을 찾았을 때는 이미 돌아가신 뒤였다. 은하는 엄마가 아직까지도 외롭게 돌아가신 할아버지에 대한 죄책감 때문에 힘들어한다는 걸 알았다. 외할아버지의 기일이 다가올 때마다 엄마가 밤에 홀로 술을 마시며 눈물을 흘리는 것을 보았기 때문이다.

자신과는 추억이 거의 없는 이모라서 그랬을까? 은하는 이모의 죽음이 슬프다기보다 남겨진 엄마가 할아버지 때와 같이 힘들어할 것 같아 그게 더 걱정이었다.

* * *

은하는 친구 고운과 함께 진 이모의 장례식장에 도착했다.

"은하 왔니? 오느라 힘들었지? 공부하느라 힘들 텐데 고운이도 왔구나. 고마워. 너희 뭐 좀 먹어야지? 앉아 있어. 아침 식사 먼저 하자."

은하와 고운을 가볍게 안아주고는 육개장과 수육을 내오는 엄마가 애써 괜찮은 척하는 것 같아 안쓰러웠다. 그런 엄마를 위로할 적당한 단어가 생각나지 않아 은하는 아무 말 없이 엄마를 바라보고만 있었다.

"어머니, 많이 놀라셨죠. 이모님 좋은 곳으로 가셨을 거예요."

그런 은하의 마음을 눈치챘는지 고운이 은하 엄마의 손을 잡고 위로했다.

"그래. 고운아, 고마워……. 처음에 경찰 전화를 받고는 너무 놀라서 어떻게 갔는지 기억도 안 나는데, 경찰서에서 진 이모 블랙박스 영상을 보여주더라고. 이모는 자다가, 편하게 갔어……. 그걸 보니 마음이 좀 편해지더라. 그래도 고생 안 하고 간 것 같아서……."

엄마의 뺨에는 눈물이 흐르고 있었지만, 외할아버지 때와는 달리 평온한 표정이었다.

은하의 외할아버지는 돌아가신 지 4일이 지나서야 발견되었다.

은하의 엄마가 찾아갈 때까지 그 누구도 할아버지가 돌아가신 것을 몰랐다. 말 그대로 '고독사'였다. 하지만 그 후 10년 동안 많은 것이 바뀌었다. 진 이모의 블랙박스 활동이 멈춘 지 한 시간이 채 지나지 않아 파리 경찰은 진 이모의 사망 사실을 확인했고, 한국에 있는 가족에게 연락했다. 그리고 24시간이 지나기도 전에 이모의 시신은 가족들의 품으로 돌아왔다.

* * *

장례를 마치고 서울로 돌아가는 은하를 배웅하는 엄마의 표정은 밝아 보였다. 걱정하는 은하에게 엄마는 금세 일상으로 돌아갈 수 있을 것 같다고 말했고, 은하의 눈에도 그래 보였다.

블랙박스

    지난밤 강남의 한 클럽에서 20대 여성이 사망했다. 서울 강남경찰서 강력팀 소속 형사 이큰별 경위는 사건 현장 조사를 마치고 바로 [더 블랙]의 연구소를 찾았다. [더 블랙]은 블랙박스를 개발하고 운영하는 세계 최대 바이오 기업으로, 사람의 뇌에 있는 블랙박스 영상을 추출할 수 있는 유일한 곳이다.

    2050년, 인구 노령화가 가속화되고 1인 가구가 늘어나면서 지속해서 증가하는 고독사와 의문사 문제를 해결하기 위해 사람들의 뇌에 블랙박스를 이식하는 '휴먼 블랙박스 프로젝트'가 시작되었다. 프로젝트가 시작되기 전에는 개인 정보 및 사생활 침해 등의 이유로 많은 반대가 있었으나, 정부는 이를 강력하게 추진하였고, 모든 사람들의 뇌에 블랙박스가 이식된 요즘에는 '의문사'나 '고독사'라는 단어가 더 이상 사용되지 않게 되었다.

'휴먼 블랙박스 프로젝트'가 도입된 이후, 경찰은 사망 사건이 발생하면 시신의 블랙박스 영상을 통해 사망 전후의 상황을 명확하게 확인할 수 있게 되었다. 모든 죽음에 있어서 정확한 원인을 규명할 수 있게 된 것이다.

큰별은 여느 날과 다름없이 [더 블랙] 연구소에서 전달받은 블랙박스 영상으로 정확한 사망 원인을 확인했다. EP(empathy player: 공감 재생기)를 켜자 큰별의 눈앞에 마치 사망자의 감각이 공유된 듯 생전에 보고 들었던 것들이 생생하게 펼쳐졌다. 여자는 스스로 약을 먹었고, 몇 분 후 홀로 화장실에서 사망했다. 사망 전 1년여 기간의 블랙박스 데이터 어디에서도 타살로 의심할 만한 정황은 확인되지 않았다. 클럽의 CCTV에서도 다른 누군가가 약물을 투약한 흔적은 찾을 수 없었다. 사인은 명확했다.

'약물에 의한 중독사. 타살 흔적 없음.'

이렇게 큰별은 또 하나의 사건을 처리했다. 그러나 하나의 사건을 종결했다는 뿌듯함보다는 해답을 보고 답안지를 작성하는 것 같은 찝찝한 마음에 한숨이 새어나왔다.

'경찰이 이렇게 단순한 업무만 해야 하는 건가? 블랙박스에 대한 감상문을 쓰는 것도 아니고. 내가 생각한 경찰은 이런 게 아닌데…….'

큰별은 한숨을 내쉬며, 사건 보고서 작성을 마치고 팀장에게 전송했다.

큰별은 2000년대 초반에 유행하던 미스터리물과 형사물 마니아였다. 특히 영화 '살인의 추억'과 드라마 '시그널'을 좋아했다. 이런 종류의 옛날 드라마나 영화를 보며 미제 사건을 집요하게 파헤치는 형사가 되고 싶었다. 그래서 경찰이, 형사가 되었다. 경찰대를 졸업하고 형사과를 지원하는 경우는 많지 않았다. 하지만 큰별은 경찰대 우수 졸업생이면서도 망설임 없이 형사과 강력팀에 지원했다. 이는 강력계 형사였던 외할아버지의 영향이 컸다.

어느덧 큰별은 3년 차 경찰이 되었다. 자신이 형사에 대해 가지고 있던 생각이 잘못되었음을 깨닫기까지는 그리 오래 걸리지 않았다. 동경하던 영화나 드라마 속 형사들이 활동하던 시절과는 너무 많은 것들이 바뀌었다. 특히, 블랙박스. 상상할 수 없던 기술과 과학, 그리고 의학 발전의 결과물로 큰별은 자신이 동경하던 경찰의 모습이 더 이상 현실에서는 존재하지 않는다는 것을 알게 되었다.

* * *

평범한 오전을 보낸 어느 날, 동료와 점심을 먹고 들어오는 큰별을 정병욱 팀장이 불러 세웠다.

"사망 사건이야. 심장마비라는 것 같은데. 서초동 디에스 오피스텔 9층. 네가 가서 현장 좀 확인하고 와야겠다."

뚱뚱한 체구에 뿔테 안경을 쓴 팀장은 이를 쑤시며 별일 아니라는 듯 말했다. 큰별은 늘 그렇듯 단순한 사건일 것으로 생각하며 신원확인을 위한 홍채 인식기, 지문 인식기, 그리고 [더 블랙] 출입증을 챙겨 가방에 넣고 사무실을 나섰다. 한 손에는 아직 김이 나는 테이크아웃 커피를 들고 여유를 부리며 걷는 큰별의 모습은 형사라기보다는 마치 외근 나가는 회사원 같았다.

사건 현장은 이미 통제되어 있었다. 큰별의 예상대로 현장에는 특별할 것이 없었다. 60대로 보이는 한 남성이 작은 원룸의 침대에 잠을 자듯 가지런히 누워 있었다. 평상시와 같이 현장을 살펴보던 큰별은 무덤덤하게 홍채 인식기와 지문 인식기를 꺼내 시신의 신원과 건강 정보를 확인했다. 시신에 홍채 인식기와 지문 인식기를 대자 바로 시신과 관련된 정보들이 나왔다.

'이은성. 나이 63세. 회계사무소 대표. 2주 전 건강검진 소견으로 가족력에 의한 심장질환이 의심되어 처방 후 관리 중.'

시신의 신원과 건강 기록을 확인한 큰별은 바로 [더 블랙]으로 향했다. 커피를 챙기는 것도 잊지 않았다.

* * *

연구소로 올라가는 엘리베이터 안에서는 블랙박스 홍보 영상이 반복 재생되고 있었다. 법정에서 증거 자료로 블랙박스 영상이 상영되는 장면부터 고개를 푹 숙이고 있는 피의자와 방청석에서 손을 꼭 쥔 피해자 가족의 모습이 교차하여 등장했다. 영상의 마지막에는 블랙박스의 슬로건이 나타났다. "블랙박스는 세상의 모든 거짓으로부터 소중한 진실을 지켜줍니다!"

22층에 위치한 연구소는 언제나처럼 분주했고, 분위기도 평상시와 같았다. 큰별은 연구소의 안내데스크에 위치한 모니터로 다가가 마치 키오스크 주문이라도 하듯 무심하게 시신의 신원을 입력했다. 평소라면 5분 이내에 연구원이 블랙박스 영상 파일을 가지고 나타나 시신의 사망 원인을 설명해줄 것이었다. 하지만 오늘은 들고 간 커피가 다 식도록 아무도 나타나지 않았다.

사망 사건이 발생하면 경찰은 [더 블랙]에 블랙박스 영상 추출을 요청한다. 이를 접수한 [더 블랙]은 블랙박스에 저장된 뇌파 신호를 디지털 파일 형태로 변환하여 추출하고 경찰에게 확인시켜준다. 그리고 파일을 이메일로 전송해준다. 블랙박스에서 영상을 추출하고 경찰이 이를 확인하기까지는 통상 10분이 채 걸리지 않는다. 블랙박스 영상을 확인하기 위해서는 EP라는 특별한 재생 장치가 필요한데, EP는 [더 블랙]과 소수의 담당 경찰서, 법원에서만 보유하고 있다.

"버튼 몇 개면 끝날 일인데 뭐 이리 오래 걸려?"

한 시간 넘게 멍하니 기다리던 큰별이 투덜거리는 순간, 누군가 그의 어깨를 툭 치며 말을 걸었다.

"이큰별 경위! 오래 기다렸지? 담배나 한 대 태우지."

변기호 연구소장이었다. 큰 키에 염색하지 않은 자연스러운 흰머리가 인상적인 그는 50대 후반이라는 나이에 걸맞지 않게 날씬한 몸매를 유지하고 있었다. 그는 평범한 인상이었지만, 계절을 가리지 않고 늘 검은 터틀넥만 고집해 누구든 한눈에 알아볼 수 있었다. 연구소에서 담당 연구원이 아닌 그가 직접 형사 앞에 나타나는 것은 흔한 일이 아니었다. 게다가 큰별이 알기로 변기호 소장은 담배를 피우지 않았다.

'무슨 일이 있는 건가?'

평소와 다른 상황이 조금 불편했지만, 큰별은 앞서가는 변기호 소장을 천천히 따라갔다. 연구소 옥상에 마련된 흡연구역에서 변기호 소장은 큰별이 담배에 불을 붙이는 것을 확인하고는 어두운 표정으로 하늘을 응시했다.

"난 비흡연자지만 가끔 이곳에 오곤 해. 특히 오늘같이 하늘이 맑은 날에는."

큰별은 담배 연기를 조심히 내뿜으며 변기호 소장의 표정을 살폈다. 입으로 옅은 미소를 짓고는 있지만, 그의 눈빛은 무언가 불안해 보였다. 잠시 후 그의 입에서 불편한 말이 나올 것 같은 예감이 들었다. 변기호 소장은 어떤 단어를 써야 할지 잠시 고민하는 것 같더니 마침내 결심한 듯 단호한 표정으로 말했다.

"이번 블랙박스 영상은 바로 못 줄 것 같네."

지난 2년 동안 이런 일이 없었기 때문에 큰별은 무슨 말을 해야 할지 바로 떠오르지 않았다. 당황해하는 큰별을 바라보던 변기호 소장은 한숨을 내쉬며 말을 이었다.

"블랙박스에 오류가 있는 경우가 거의 없긴 하지만, 뭐 있을 수 있는 일이거든……. 어쨌든 기계잖아? 이번 시신에서 블랙박스 영상 기록이 조금 손상되었는지 추출에서 자꾸 오류가 난다는 것 같아. 지금도 계속 여러 방법으로 복구하려고 노력하고 있는데, 아마도 컴퓨터 문제겠지만, 만약 블랙박스 자체에 문제가 있는 것이라면 우리도 내부적으로 원인을 파악해봐야 할 것 같네. 미안하지만 돌아가서 조금 기다려주게."

소장의 이야기에 딱히 반박할 말이 없어진 큰별은 힘없이 되물었다.

"이런 일이 이전에도 있었나요?"

"글쎄. 외부에 공개된 적은 없지만, 몇 건 있긴 했지. 뭐, 충분히 있을 수 있는 일이잖나."

큰별은 흔들림 없는 그의 표정을 보고는 조용히 고개를 끄덕였다.

"네. 그러면 결과 나오면 바로 연락 주세요."

큰별은 내키지 않는 발걸음을 옮기며 사건 보고서 작성 시간이 조금 늦어질 뿐이라고 생각하기로 했다.

* * *

2020년 이후 고독사, 즉 가족, 친척 등 주변 사람들과 단절된 채 홀로 사는 사람이 자살, 병사 등으로 혼자 임종을 맞고 시신이 일정한 시간(한국 기준으로 최소 72시간)이 흐른 뒤에 발견되는 죽음이 급격히 증가했다. 2021년 전체 사망자의 1% 수준이었던 고독사로 인한 사망자는 10년 만인 2030년 전체 사망자의 3% 수준으로 급증했다. 인구는 지속해서 줄고, 결혼하지 않고 혼자 사는 1인 가구가 늘어나면서 발생하는 자연스러운 현상이지만 남겨진 가족들에게는 씻을 수 없는 상처가 되고 이를 치유하기 위한 사회적 비용은 날로 늘어났다.

또한 기술이 발달하면서 신종 범죄도 기승을 부려 콜드케이스 (Cold Case), 즉 살인이나 실종 같은 형사사건에서 증거 불충분 등의 이유로 수사가 잠정 중단되는 사건들이 나날이 늘었다. 전국적으로 CCTV는 더욱 촘촘하게 설치되었고 보안시스템도 기술 발달에 따라 강화되었지만, 발달한 기술이 오히려 증거를 조작하는 데 이용되기도 하였다. 결국 사람이 직접 본 것 이외에는 증거가 될 수 없는 세상이 되어가고 있었다. 하지만 사람이 본 것을 있는 그대로 조작 가능성 없이 다른 사람에게 보여줄 방법은 없었다. 또한 인구가 줄어들면서 필연적으로 경찰의 수도 줄었고, 줄어든 경찰 인력은 늘어나는 사건들을 수사하기에는 역부족이었다.

이에 정부는 2030년부터 실력 있는 뇌과학자들에게 매년 천문학적인 비용을 지원해 사람의 시각 정보를 있는 그대로 재생할 수 있는 기술을 연구하기 시작했다. 그 중 [더 블랙]이라는 뇌과학연구소가 유일하게 인간의 뇌에 이식할 수 있는 블랙박스에 대한 연구에 성공했고, 상용화가 가능한 수준에 이르게 되었다. 하지만 뇌에 블랙박스를 이식한다는 것은 아무리 안전한 수술 방법이 개발되었다고 하더라도 개인정보, 사생활 침해 등의 이유로 반대의 목소리에 부딪힐 수밖에 없었다.

이미 막대한 예산을 집행한 정부 입장에서는 어렵게 성공한 연구를 폐기할 수 없었다. 오랫동안 지속되고 있는 세계 의료 패권 전쟁에서의 승리가 눈앞에 있었다. 정부는 [더 블랙]과 함께 온갖 방법을 동원하여 여론을 선동했다. 고독사 문제, 아직 해결되지 않은 강력 범죄 사건들로 인한 사회적 피해, 남겨진 자들의 아픔이 남의 일이 아니라는 공포감……. 그로 인해 사람들의 인식은 점차 바뀌었고, 나중에는 도리어 대중이 스스로 나서서 블랙박스를 이식하자는 국민 청원을 진행하기에 이르렀다.

그 결과, 2050년 한국에서는 세계 최초로 전 국민의 뇌에 블랙박스를 이식하는 '휴먼 블랙박스 프로젝트'가 실시되었고, 고독사와 콜드케이스는 매해 눈에 띄게 줄어들었다. '휴먼 블랙박스 프로젝트'는 한국에서의 성공을 바탕으로 전 세계로 확산되었다. 이로 인해 '휴먼 블랙박스 프로젝트'의 독점 기술을 갖고 있던 [더 블랙]은 단기간에 글로벌 기업으로 성장했다.

각국에서는 '휴먼 블랙박스 프로젝트'와 함께 블랙박스 특별법이 시행되었으며, 특별법과 연계해 경찰의 권한 또한 강화되었다. 피해자가 의료인이 상주하는 병원 이외의 곳에서 사망한 경우, 형사 사건의 목격자나 피의자임이 자명한 경우, 형사 사건의 피해자 본인이 블랙박스 영상 추출에 동의한 경우에 한해, 경찰은 [더 블랙] 측에 블랙박스 영상을 요구할 수 있게 되었다. 그리고 [더 블랙]은 요청을 받은 즉시 영상을 제공하도록 규정하고 있었다.

블랙박스 영상의 무분별한 사용을 규제하기 위해서 특별법에서는 블랙박스 영상을 확인할 수 있는 경우를 형사 사건으로 한정했다. 더불어 사망 사건의 경우, 경찰은 영장 없이 시신의 블랙박스 영상을 확인할 수 있게 되어 신속한 수사가 가능해졌다.

* * *

"다녀왔습니다."

큰별은 경찰서로 돌아와 팀장부터 찾았다.

"팀장님 어디 가셨나?"

"팀장님이요? 서장님 호출 받고 올라가신 지 꽤 됐는데, 아직 안 내려오시네요. 말씀이 길어지나 봐요. 무슨 쓸데없는 일이나 받아 오지 않으셨으면 좋겠어요."

정훈직 순경이 큰별을 쳐다보지도 않고 모니터를 바라보며 툴툴 댔다. 그의 모니터에는 다른 사건의 보고서 파일이 열려 있었다. 팀장이 서장을 만나고 돌아오면 늘 귀찮은 일이 생겼던 탓에 큰별은 또 무슨 일인가 싶었지만, 우선 자리에 앉아 오피스텔 사건의 보고서를 작성하기 시작했다.

'심장마비로 추정. 블랙박스 영상 추출 오류로 확인 불가.'

큰별은 더 이상 보고서를 작성할 수 없었다. 블랙박스 오류. 그동안 이런 내용의 보고서는 써본 적이 없었다. 큰별은 작성하던 문서를 닫으며 한숨을 내쉬었다. 그때 얼굴이 붉게 상기된 채 허둥지둥 사무실로 들어오는 팀장과 눈이 마주쳤다.

정병욱 팀장은 서둘러 자기 방으로 들어가며 손짓으로 큰별을 불렀고, 큰별은 쓸데없는 일을 자신이 떠맡게 되지 않기를 바라며 수첩을 챙겨서 팀장의 방으로 갔다. 큰별이 들어오자 정 팀장은 밖에서 내부가 보이지 않도록 창문의 블라인드를 조절했다.

"방금 다녀온 사건 있잖아. 서초동 오피스텔 건."

두꺼운 뿔테 안경을 벗고 두 눈을 찡그린 채 손으로 비비면서 팀장이 말했다. 무언가 어려운 이야기를 시작할 때마다 나오는 팀장의 습관이었다. 내키지 않는, 그렇지만 위에서 떨어진 일을 시키긴 시켜야 할 때 나오는 표정이었다.

"[더 블랙]에서 공문이 하나 올 거야. 보고서에 블랙박스에 대해서는 언급하지 말고, 공문만 첨부해서 단순 심장마비로 빨리 종결해라."

"네? 그게 벌써 연락이 왔어요? 30분도 안 지났는데요? [더 블랙]은 포기가 빠르네요? 그런데 블랙박스 오류 관련해서는 써줘야 하지 않을까요? 연구소장도 일반적인 일은 아니라고 조사를 해봐야 한다고……."

팀장은 갑자기 화를 내며 큰별의 말을 잘랐다. 그의 표정은 단호했다.

"그냥 시키는 대로 해. [더 블랙]에서 일 키우지 말라고 윗선에 직접 부탁한 거라니까, 잔말 말고 시키는 대로 마무리해! 심장병 있고, 타살 흔적 없고, 약물 반응도 없다잖아. 빨리 가서 종결 보고서나 올려!"

"하지만……."

평소 정병욱 팀장은 이렇게 강압적이지 않았다. 윗선에서 떨어진 말도 안 되는 일을 지시할 때도 최대한 이유를 설명해가며 팀원들을 이해시키는 상사였다. 그래서인지 큰별은 그의 태도가 더욱 이상하게 느껴졌다. 하지만 더 이상 대꾸하지 않고 시키는 대로 하기로 마음먹었다. 팀장도 자신과 마찬가지로 윗선에서 시키는 대로 해야 하는 처지가 아닌가. 큰별은 작은 목소리로 알겠다고 대답하고는 자기 자리로 돌아와 털썩 앉았다. 메일함에는 이미 국립과학수사연구원 측에서 보낸 종합 보디 스캐닝 소견서와 [더 블랙] 측에서 보낸 공문이 도착해 있었다.

'국과수의 시신 스캐닝 결과 사인은 심장질환으로 인한 심정지. 블랙박스 영상 내 특이사항 없음. 최근 건강검진을 통해 심장질환이 심해져 지속적인 관리가 필요한 상태라는 것을 사망자 본인이 알고 있었으나, 과로와 스트레스로 인해 증상이 악화되어 사망한 것으로 판단됨.'

블랙박스 영상 내 특이사항 없음.

직접 확인하지 못한 블랙박스 영상이었기에 큰별은 이 문구가 거슬렸지만, 팀장의 지시대로 적당히 보고서를 마무리했다.

* * *

2030. 5. 5. 일요일. IBS Headline NEWS

오늘의 헤드라인입니다.

지난해 고독사로 사망한 사람의 수가 10년 전에 비해 크게 치솟았다는 통계가 발표되었습니다. 2021년 전체 사망자의 1% 정도였던 고독사 사망자 수가 10년 만에 3배 수준인 2.9%를 기록했는데요. 연간 6,000명에 육박합니다. 인구가 줄면서 혼자 사는 1인 가구가 늘어난 탓인데요. 이는 자연스러운 현상일 수도 있지만, 모두의 마지막 가는 길이 외롭지 않도록 주변 사람들의 관심이 더욱 필요해 보입니다.

5월은 가정의 달이죠. 특히 오늘은 어린이날이었습니다. 많은 분이 가족들과 함께 즐겁게 지내셨을 텐데요. 가족과 함께하지 못하신 분들은 지금이라도 안부 전화 한 통 해보시는 건 어떨까요?

은하 이야기

    대학 졸업 후 3년간 영화 제작사에서 PD로 일한 은하는 4개월 전, 감독과 작가의 갑질을 더 이상 못 견디겠노라며 사직서를 던졌다. 그녀는 본인이 작가가 되어 보란 듯이 성공하겠다고 다짐했다. 소설을 쓸 작정이었다. 대학 시절 교지 편집부에서 일했고, 취미로 SNS에 올리던 소설은 제법 인기를 얻기도 했기 때문에 자신 있었다. 그리고 이제는 당당하게 '이거 내가 한 거야'라고 말할 수 있는 일을 하고 싶었다. 다른 사람만 돋보이게 하는 일이 아닌, 내가 한 만큼 내가 인정받을 수 있는 일. 그런 일 중에 가장 잘할 수 있는 것이 '글을 쓰는 일' 같았다.

처음 한 달은 아무것도 하지 않고 집에서 드라마만 봤다. 은하는 그 시간을 온전히 즐겼다. 3년 동안 쉴 새 없이 달려온 자신에게 주는 재충전 시간이라고 생각했다. 그때까지는 자신에게 갑질을 하던 작가들보다 더 그럴듯한 이야기를 만들어낼 수 있을 것이라는 자신감이 있었다. 한 달이 지나면서는 본격적으로 글을 써보려 했는데, 생각만큼 좋은 이야깃거리가 떠오르지 않았다. 소재 개발이라고 스스로 합리화하며 여행도 가고, 클럽도 가고, 채팅 앱으로 남자들을 만나보기도 했다. 하지만 하루에 단 한 줄의 이야기도 쓰지 못하는 날들이 대부분이었다.

4개월이 지난 지금은 그저 하루 종일 집에서 온갖 상상만을 하며 지낼 뿐이다. 회사를 그만둘 때는 6개월 안에 죽이는 소설을 써내겠노라 큰소리쳤다. 자신이 뱉은 6개월이라는 시간은 이제 2개월밖에 남지 않았고, 통장의 잔고도 곧 '0'에 수렴할 터였다. 시간이 지날수록 초조해졌지만, 아직은 괜찮다고 은하는 스스로를 위로했다. 목표한 500장 분량의 소설을 쓰려면 하루에 열 장씩만 쓰면 된다. 하지만 써야 하는 페이지의 숫자는 내일도 늘어만 갈 것이 자명해 보였다. 이런 은하를 이해하고 응원하는 것은 오랜 친구 고운밖에 없었다.

김고운은 은하와 어린 시절 같은 동네에서 만나 13년 동안 같은 학교에 다녔다. 고운은 졸업 후에 바로 방송국에 입사하여 얼마 전

메인 PD가 되었다. 본인 표현을 빌리자면 요즘같이 태평천하인 세상에서 그저 '방송국의 구색 맞추기용'으로 제작되는 '고발 의지 따위 없는 시사 고발 프로그램'이 그녀가 맡고 있는 일이었다.

잘 다니던 회사를 박차고 나와 소설가가 되겠다며 백수가 된 은하에게 밥도 사주고, 술도 사주고, 욕도 해주는 친구는 고운이 유일했다. 아니, 은하 주변에 있는 유일한 사람이 고운일지도 모른다. 고운이 언제나 진심으로 자신을 생각해주고 응원한다는 사실을 은하는 잘 알고 있었다.

일주일에 한 번 방송이 있는 날이면, 고운은 늘 방송이 끝나기 전에 은하에게 연락했고 둘은 그들만의 방송 뒤풀이를 했다. 이건 고운에게는 중요한 의식이었다. 오늘은 방송 날이었고, 방송이 끝날 때가 됐겠다 싶을 무렵, 아니나 다를까, 은하의 휴대전화가 알람 시계처럼 울렸다.

"은 작가님! 또 집에서 뒹굴고 있지? 술이나 먹자! 역시나 오늘도 국장한테 또 깨져서 술 좀 마셔야 할 것 같아."

아마도 고운은 또 지난주와 거의 같은 이야기를 할 것이다. 직장인들이 술자리에서 늘 하는 그저 그런 이야기들. 이제는 직장인이 아닌 은하로서는 크게 관심이 가지는 않았지만, 이런 식으로 불쑥불쑥 불러내는 고운이 귀찮으면서도 한편으론 고마웠다. 고운마저 없으면, 은하는 말 그대로 '은둔형 외톨이' 그 이상도 이하도 아닐 것이기 때문이다. 말이 좋아 소설가, 아니 소설가 지망생이지, 은하의 실상은 그저 실업자이고 백수이자 '선택적 은둔형 외톨이'라고 스스로 생각하고 있었다.

은하는 어깨까지 오는 머리를 질끈 묶고 야구 모자를 푹 눌러쓴 뒤 집을 나섰다.

* * *

고운과 은하는 늘 신촌 외곽에 위치한 허름한 껍데기 집을 찾았다. 오늘도 어김없이 같은 곳에 은하가 도착했을 때, 고운은 이미 도착해서 은하를 기다리고 있었다.

"은 작가! 왜 이제 왔어? 내가 먼저 세팅해 놨어."

"그래, 잘했어. 그런데 나 오늘은 그냥 네 이야기만 들어주러 온 거야. 내일 건강검진이야."

"건강검진? 무슨 백수가 건강검진이야?

"백수라니! 소설가라고 불러줘! 말하는 대로 되는 거 몰라? 그리고 백수인 게 무슨 상관이야. 나라에서 해준다는데 다 챙겨 먹어야지. 난 곧 성공한 소설가가 될 거라 오래오래 건강하게 살아야 해. 안 그러면 국가적 손실이라고!"

"그래, 우리 은 작가 건강해야지! 그러면 오늘은 아무것도 먹으면 안 되는 건가? 이것들은 어떡하지……? 그냥 미루면 안 돼?”

잔뜩 시켜 놓은 껍데기와 찌개, 계란찜, 그리고 소주까지. 테이블이 비좁을 만큼 놓여 있는 음식을 바라보며 고운은 입을 삐쭉 내밀고 투덜댔다. 미리 올려 놓은 껍데기는 이미 불판 위에서 툭툭 튀고 있었다.

“안 돼! 이번에는 무슨 일인지 검진센터에서 두 번이나 확인 전화를 했어. 꼭 와야 한다고. 그러니까 무슨 음식을 이렇게 많이 시켜 놨어? 9시부터 금식하라고 했으니, 한 2시간 남았네. 더 늦기 전에 빨리 먹자! 시간 없어!”

은하가 손목에 찬 워치를 보며 답했다.

몇 년 사이 국가에서 시행하는 건강검진의 폭이 넓어지면서 예전에 비해 무료로 할 수 있는 검사 영역이 많아졌고, 동시에 강제성이 높아졌다. 국가가 국민의 건강을 보다 면밀하게 챙긴다고 긍정적으로 생각하는 사람들이 있는가 하면, 이제는 개인의 건강과 수명까지 국가가 관리하려는 의도가 아니냐는 음모론적인 생각을 하는 사람들도 있었다. 은하는 전자에 가까운 사람이었기에 이번 건강검진도 받기로 했다.

건강검진에서는 30여 개의 항목에 걸쳐 정밀검사를 하는데 뇌, 심장, 혈액, 안구, 위, 장, 간, 폐, 자궁 등은 물론이고, 블랙박스 이상 여부까지 검사한다. 직장인이 아닌 일반인의 건강검진에 드는 비용은 대부분 [더 블랙]이 부담한다.

"그래서, 이번에는 국장님께서 또 왜 우리 정의로운 김 PD님을 화나게 하셨을까?"

은하는 이제는 고운의 이야기를 들어줄 준비가 된 양 입안 가득 음식을 넣으면서 물었다.

"말도 마. 이번에도 징계 받을 것 같아. 이럴 거면 방송국에서 왜 시사 고발 프로그램을 하는지 모르겠다니까. 물론 이번에는 내가 조금 잘못하기는 했지만, 이 정도는 언론이 해야 한다고 생각했거든. 누가 요즘 의료사고에 관심이나 있어? 수술실에 CCTV는 최고 사양으로 갖춰진 지 오래잖아? 의사들 블랙박스도 있고."

고운은 이야기하다 보니 화가 나는 건지 술기운이 올라오는 건지 얼굴이 붉어졌다. 고운은 지난 두 달 동안 의료사고를 주제로 프로그램을 준비했다. 두 달 전, 한 성형외과에서 20대 여성이 양악 수술을 받다가 뇌사에 빠진 사건이 발생했다. 병원은 오후 2시 20분경 수술을 시작했고, 프로포폴 정맥 주사 후 여성은 깊은 잠에 빠졌다. 수술 후 여성은 호흡곤란 증세를 보이며 혈중 산소포화도가 90% 아래로 떨어졌고, 의료진은 산소호흡기로 응급처치를 했다. 그러나 얼마 지나지 않아 다시 호흡곤란이 발생했고, 의료진은 산소 압력을 끝까지 올렸지만 산소포화도는 계속 떨어졌다. 의료진은 뒤늦게 심폐소생술을 시작하고 기도 내에 튜브를 넣고 수동으로 산소를 공급했지만, 환자는 깨어나지 못했다. 뇌의 산소공급이 5분이 지나면 영구적인 뇌 손상을 입게 되는데 의료진은 골든타임을 놓친 것이었다.

이 사건에 대해 병원은 CCTV 영상을 증거로 제출하며 골든타임을 놓치지 않았노라 주장했지만, 국과수의 조사 결과 CCTV 영상 시간이 조작되었다는 것이 확인되어 증거 능력을 상실했다. 수면마취에 빠져 있었기 때문에 환자의 블랙박스는 사건 해결에 도움이 되지 못했다. 정서적 안정을 위해 헤드폰으로 틀어놓았던 클래식 음악만이 기록되어 있을 뿐이었다.

수술에 참여한 의료진의 블랙박스 영상은 의료법에서 보장된 의사의 인권 보호를 위해 환자가 사망하지 않으면 법적으로 확인을 할 수 없었다. 결국 이 사건은 지루한 법정 공방을 계속하고 있었다.

고운은 이 프로그램에서 의료법과 블랙박스 특별법에 대한 개정을 주장하는 환자들의 이야기를 방송했다. 국장은 고운의 기획안이 의료사고의 진실을 파헤친다고 되어 있었기 때문에 별 관심을 보이지 않았으나, 막상 방송에서 블랙박스와 의료법에 대한 문제점을 지적하니 불같이 화를 냈다.

말을 하는 내내 고운은 두 주먹을 꽉 쥐곤 부르르 떨었다. 그러고 나서 소주잔을 비웠다. 고운의 빈 잔을 채워주며, 은하는 고운을 위로하기 위해 자기가 더 흥분하며 말했다.

"정말 너무들 한다. 진실을 밝히라고 프로그램 만들어 놓고, 자기 입맛에 맞지 않는다고 징계나 하고. 뭔가 구린 구석이 있는 거 아니야? 오히려 네가 아니라 국장이 직권남용으로 징계 받아야 하는 거 아니냐고?"

은하는 고운도 자신이 회사에 다니던 때와 같은 처지라는 생각이 들었다. 다른 사람의 뜻대로 해야만 하는 처지. '직장인은 다 똑같지'라는 생각과 '회사를 그만둔 건 잘한 일'이라는 생각이 동시에 들었다.

"국장실에 끌려가서 억지로 다른 생각을 하려고 애쓰면서 가만히 욕먹고 있는데, 같이 끌려온 막내 PD가 갑자기 나서면서 '국장님, 기획안은 제가 썼습니다. 고운 선배는 잘못이 없습니다'라는 거야. 딴에는 나를 보호해주고 싶었나 봐."

고운이 깔깔댔다.

"뭐가 웃겨? 멋있네! 그 친구, 혹시 너 좋아하는 거 아니야? 나 소름 돋았어."

은하는 팔짱을 끼고 몸을 흔들어대며 같이 웃었다. 이때까지 은하는 잊었던 이름이 고운의 입을 통해 튀어나올 것을 전혀 짐작하지 못했다.

"힘도 없는 놈이 나를 보호하려고 하는 걸 보니까 '이놈이 내 수호천사가 될 상인가'라는 생각에 다시 보게 되더라고. 그러면서 문득 현태 씨가 떠올랐어. 네 수호천사.”

‘윤현태.’

고운의 입에서 ‘윤현태’라는 이름이 나올 거라고는 전혀 예상하지 못했다. 은하의 얼굴이 빨갛게 달아올랐다.

* * *

윤현태는 2년간 사귀다가 지난해 초 헤어진 은하의 전 남자 친구이다. 은하보다 여덟 살 많았던 현태는 당시 외국계 대기업 기획조정실에서 일하던 엘리트였다. 키가 크고, 잘생긴 외모에 업무 능력도 출중했다. 조금 까칠하긴 했지만, 성격이 시원시원해서 여자들에게 특히 인기가 많았다.

당시 신입사원이던 은하가 담당하던 영화의 로케이션 장소가 현태가 다니던 회사 산하 고급 휴양 리조트였는데, 은하와 함께 커뮤니케이션하며 업무를 진행하던 홍보팀 담당자의 실수로 촬영 전날 갑자기 촬영 불가 통보를 받게 되었고, 모든 책임을 은하가 뒤집어쓰게 된 상황이었다.

100명 이상의 스태프가 참여하는 일에 대형 사고가 생긴 상황에서 은하는 빌면서 사정했지만, 담당자는 더 이상 전화를 받지 않았다. 결국 은하는 막무가내로 회사를 찾아가 로비에서 홍보팀 담당자를 만나게 해달라고 소란을 피웠다. 그때의 은하는 필사적이었고, 자신이 할 수 있는 유일한 일은 그것뿐이라고 생각했다.

그 순간, 뻔한 로맨틱 영화의 클리셰처럼 현태가 은하 앞에 나타났다. 대표이사와 함께 외부 업무를 마치고 돌아오던 현태는 로비에서 난동을 부리고 있는 은하에게 다가와 그녀를 진정시켰고, 차분하게 은하의 이야기에 귀 기울여주었다. 그러고는 2시간이 채 지나지 않아 은하는 홍보팀 담당자에게 사과 전화를 받았고, 촬영을 무사히 마무리할 수 있었다. 이 이야기를 들은 고운은 그때부터 현태를 은하의 '수호천사'라고 부르며 잘해보라고 부추겼다.

은하는 촬영을 무사히 마친 핑계로 현태를 다시 만났고 둘은 연인이 되었다. 둘은 너무도 달랐지만 잘 맞았다. 아니, 최소한 은하는 잘 맞는다고 믿었다. 즉흥적이고, 개인적이고, 덜렁대는 털털한 성격의 은하는 무서울 정도로 꼼꼼하고 계획적이고, 모든 일을 큰 그림에서 바라보는 '어른 남자' 현태에게 깊이 빠져들었다.

하지만 특수한 상황에서 빚어진 인연은 오래가기 힘들다는 어떤 영화의 대사처럼, 처음에는 서로의 매력이라고 느꼈던 다른 부분이 '성격 차이'라는 흔한 이유가 되어 버렸고, 결국 둘은 헤어지게 되었다. 현태는 은하의 즉흥적이고 무모한 성격을 바꾸려 했고, 계획적인 생활을 강요했다. 자유로운 성격의 은하는 감옥에 갇힌 기분이었다. 헤어지기 전까지 은하는 관계를 유지하기 위해 선의의 거짓말을 하고 있다고 생각했지만, 현태에게 그것은 그저 의도적인 거짓말일 뿐이었다. 둘은 결국 그 간격을 좁히지 못했다.

이별을 먼저 이야기한 건 은하였지만, 더 아파한 것도 은하라고 옆에서 지켜본 고운은 생각했다. 그래서 그 이후로 은하와 고운은 '윤현태'라는 이름을 꺼내지 않았다. 은하에게 현태는 첫사랑이자 마지막 사랑이었고, 그만큼 아픈 이름이었다.

* * *

'윤현태'라는 이름을 들은 은하는 워치를 쳐다봤다. 시간은 아직 8시 38분을 가리키고 있었다. 9시가 넘지 않은 것을 확인한 은하는 앞에 놓인 빈 소주잔에 소주를 따라 한입에 털어 넣고는 생각에 잠겼다. 은하의 얼굴은 어느새 빨개져 있었고 취기가 올라오는 것이 느껴졌지만, 오히려 그게 다행이라는 생각이 들었다. 그동안 듣기만 해도 참을 수 없었던 이름이라고 생각했는데 지금은 술기운 때문인지 아무렇지도 않았다. 어쩌면 지금은 사랑이라는 감정 때문에 힘들어할 만큼의 여유가 없어서 그럴지도 모를 거란 생각이 들었다.

고운은 혼자 멍하니 생각에 잠긴 은하의 마음을 읽은 듯 다독이며 말했다.

"그래, 이제는 잊을 때도 됐어. 원래 다친 날은 정확히 기억해도 상처가 아문 날은 아무도 기억하지 못하는 법이야. 이제 새로운 사람도 만나야지…… . 그래도 현태 씨, 무슨 일을 하든지 크게 될 사람이라는 생각이 들긴 했어."

가만히 고운의 이야기를 듣고 있던 은하는 자기도 모르게 소주를 한 잔 더 비웠다. 은하의 기억 속 현태는 사랑하기에는 힘든 사람이었지만, 다른 부분으로는 완벽한 사람이었다. 현태와의 추억을 떠올린 은하는 곧 고개를 저으며 말했다.

"그런데 나는 그런 사람 다시 만나고 싶지는 않아. 새로운 사람 만날 거야. 나랑 꼭 닮은 사람!"

"그러지 말고, 너의 그 연애 이야기를 써보는 건 어때? 말랑말랑한 걸 네가 잘 쓸 수 있을지는 모르겠지만, 현태 씨라면 남자 주인공이 그래도 꽤 매력적이라서 여자들이 좋아할 것 같은데. 여자 주인공이 너인 게 문제인가?"

갑자기 대화의 방향을 소설로 옮기며 키득대는 고운에게 은하가 가늘게 눈을 흘겼다. 그렇지 않아도 요즘 은하는 자신의 인생을 계속 돌아보는 중이었다. 혹시 소설로 쓸 만한 이야기가 있는가 하고. 하지만 은하가 생각하기에 자신의 인생은 너무 평범했다. 주변에도 평범한 사람들밖에 없는 것 같았다. 죽여주는 이야기를 쓰려면 뭔가 좀 느낌이 팍 오는 사건이 있어야 하는데 아무리 생각해봐도 그런 게 없었다.

"윤현태고 나발이고, 너무 클리셰야. 나는 뻔하지 않은 소설을 쓸 거야."

"네가 아직 배가 덜 고팠구나? 클리셰가 괜히 클리셰야? 사람들한테 먹히니까 작가들이고 감독들이고 계속해서 써먹는 거지. 내가 장담하는데 이대로 3개월만 더 지나면, 아마 너는 신데렐라 이야기를 들고 나올지도 몰라."

"아 미친, 신데렐라래. 백설공주도 아니고."

둘은 깔깔댔다.

시답잖은 대화는 그 후로도 몇 시간 더 이어졌지만, 은하는 9시 이후로는 아무것도 먹지도 마시지도 않았다. 더 이상 순간의 유혹을 참지 못해 일을 어긋나게 하는 어린 날의 은하가 아니었다.

의심

큰별은 평상시와 다름없이 이른 아침에 경찰서로 출근했다. 사무실에는 아무도 없었다. 경찰에게는 정해진 출퇴근 시간이란 것이 없었지만, 큰별은 자신이 경찰이기 이전에 직장인이라고 생각하며 스스로 정한 출근 시간과 퇴근 시간을 지키고 있었다. 몇 가지 자질구레한 서류 작업을 끝낸 큰별은 책상 끝에 있는 서브 모니터로 옛날 드라마를 틀어 놓고 여유를 즐기고 있었다. 2016년 TV 드라마 '시그널'에서는 미제 사건 전담팀이 오래된 사건들을 파헤치며, 작은 증거라도 찾기 위해 고군분투하는 장면이 나오고 있었다.

'그래, 형사라면 저렇게 꼬리에 꼬리를 물고 작은 단서 하나라도 찾으려고 몇 날 며칠을 몰두해야 하는 건데, 어째 나는 이 모양일까. 형사, 게다가 강력팀인데 전혀 강력하지 못하잖아. 한심하다, 한심해."

큰별은 지난주에 작성했던 사건 보고서를 열어 다시 읽어보며 중얼거렸다.

'사람이 죽었는데, 블랙박스 영상이 없어. 그러면 그 누구도 이 사람이 왜 죽었는지 정확하게 알 수 없는 거잖아. 그런데 그저 [더 블랙]하고 국과수 소견만으로 단순 사망이라고 단정 지어도 되는 걸까? 저 사람들이라면 나처럼 그냥 넘어가지는 않았겠지?'

드라마와 보고서를 번갈아 쳐다보던 큰별은 무언가 다짐한 듯 옷가지를 챙겨 밖으로 나왔다.

* * *

큰별의 차는 국립과학수사연구원으로 향하고 있었다. 경찰이 국과수를 찾을 일은 과거에 비해 많지 않았다. 큰별도 각종 디지털 증거의 진위를 확인할 때를 제외하고는 국과수를 찾은 적이 없었다. 물론 유전자 조작이나 날로 늘어나는 독성 화학물질, 변종 마약 등의 성분 분석 같은 새로운 업무로 여전히 국과수는 정신없이 돌아가고 있었지만, 자신이 담당하는 사건과는 별 접점이 없었다.

DNA를 감식하고, 신원을 조회하고, 사망의 원인을 규명하는 일은 지금은 너무도 간단한 일이 되어 버려서 굳이 국과수를 통하지 않더라도 충분한 결과를 얻을 수 있었다. 블랙박스 영상만으로 정확한 사망 원인을 확인할 수 있는 탓에 국과수에서 시신을 부검하는 경우도 드물었다. 그럼에도 큰별이 국과수를 찾은 이유는 선배 신우택 때문이었다. 신우택은 국과수의 법의관으로, 큰별과는 고전영화 동호회에서 만나 친해진 사이였다. 큰별은 사회생활을 하면서 만난 사람 중 유일하게 자신과 코드가 맞고 대화가 통하는 사람인 그에게 사건에 대한 조언을 듣고 싶었다.

"이야, 이게 누구야! 이큰별! 연락도 없이 무슨 일이야? 잘 지냈지?"

흰 가운을 입은 신우택이 반갑게 손을 흔들며 계단을 내려왔다. 국과수 로비에 햇살이 들어와 신우택의 흰 가운이 더욱 하얗게 보였다.

"네. 저야 뭐 늘 똑같네요. 평범한 직장인! 형도 별일 없죠? 그냥 사무실에 앉아 있기 지루하기도 하고, 오래간만에 '시그널' 보다가 형 생각도 나고 해서 왔어요."

"그래, 잘 왔어. 나도 오늘은 간만에 일이 없으니까 우리 오랜만에 가볍게 낮술이나 한잔하자."

둘은 신우택의 단골집인 국과수 앞 해장국집에 자리를 잡았다. 해장국에 소주를 한두 잔 하며, 평범한 대화를 이어가던 큰별이 머릿속에 맴돌고 있는 사건에 대해 말을 꺼냈다. 지난주 사망 사건은 현장 자체는 특별할 게 전혀 없었지만, 블랙박스 영상을 받지 못한 것이 계속 꺼림칙했기 때문이다.

"형은 국과수에서 블랙박스 영상이 없는 사망 사건을 본 적이 있어요?"

큰별은 심각한 표정으로 물었다. 신우택은 그런 큰별의 표정을 보며 팔짱을 끼고 몸을 좌우로 흔들며 별일 아니라는 듯 웃으며 말했다.

"서초동 오피스텔 사건 말이구나. 우리도 [더 블랙]에서 블랙박스 영상 없이 긴급으로 처리해달라고 연락이 와서 급하게 종합 보디 스캐닝을 했는데, 특이사항이 전혀 없어서 심장마비로 종결했어."

신우택은 국과수에서 일하는 동안 블랙박스 영상 없이 검시 요청을 받은 건들이 제법 있었다고 말해주었다. 국과수 법의관 입장에서는 블랙박스 영상이 반드시 있어야 하는 것은 아니었다. 가장 확실한 증거는 시신의 몸에 남겨져 있고 블랙박스 영상은 보조적인 도구일 뿐이라는 것이 법의관으로서의 판단이었다.

신우택은 평범한 사건에 큰별이 지나치게 예민하게 반응하고 있다며 달래주었다.

"너무 신경 쓰지 마. 오류가 전혀 없는 것도 이상하지 않아? 블랙박스도 그저 기계일 뿐인데."

신우택은 네모난 무테안경을 벗고 눈을 한 번 비비고는, 식탁에 놓인 티슈로 안경을 닦으며 말을 이어갔다.

"요즘 인사 시즌이잖아. 사건들 빨리 처리해서 실적 늘려야 하나 보지 뭐. 우리도 이맘때쯤이면 난리야, 난리. 괜히 심각하게 생각하지 마. 혹시 누가 사람 뇌에 있는 블랙박스를 일부러 제거하기라도 했겠어? 그게 가능하기나 하고?"

신우택은 계속 심각한 표정을 짓고 있는 큰별을 바라보며 일부러 몸짓을 크게 하며 말했다. 별일 아닌 일이라고 안심시키는 그의 말에 큰별은 자신이 너무 예민한 게 아닌가 생각했다. 하지만, 한번 시작된 의심은 좀처럼 사라질 기미가 보이지 않았다. 큰별에게는 신우택이 하는 다른 말보다도 농담으로 던진 마지막 문장만 귀에서 맴돌았다.

"블랙박스를 제거한다? 형, 만약에요, 정말 그랬다면 부검에서는 알 수 있지 않을까요?"

큰별은 순간 무언가 생각난 듯이 눈을 크게 뜨며 물었다. '부검'이라는 말에 신우택은 더 크게 손을 내저으며 일장 연설을 했다.

부검은 어떤 죽음에 의심이 있을 때 하는 것이다. 요즘 같은 최첨단 시대에는 실제로 부검하지 않아도 부검을 한 것과 같은 결과를 얻을 수 있다. 때문에 죽은 사람의 몸에 칼을 대는 부검은 연구 목적이나, 밝혀지지 않은 새로운 바이러스로 인한 죽음 등에 대해서만 진행하는 편이다.

법의관의 가장 중요한 업무였던 부검이 필요한 경우는 줄었지만, 실제 부검과 거의 동일한 결과를 얻을 수 있는 영상 장비를 활용한 검시를 하는 경우가 그만큼 많아져서 법의관의 업무량에 있어서는 차이가 없었다.

큰별과 같이 고전 영화 마니아인 신우택도 부검을 통해 사건을 파헤치는 열혈 법의관이 되고 싶었기에 근래 국과수 생활에 대해 아쉬워하고 있었다. 하지만 신우택은 부검이 되었든 장비를 통한 검시가 되었든 죽은 사람들이 몸에 남긴 마지막 흔적을 찾는 일의 중요성을 잘 알고 있기에 국과수 법의관으로서 강한 자부심을 갖고 있었다.

신우택은 계속 미소를 짓고 있었지만 단호한 목소리로 큰별에게 지난주 사건에 대한 자기 생각을 들려줬다. 조금만 생각해보아도 큰별의 의심이 말이 안 된다는 것을 알 수 있을 터였다. 심장병 환자가 심장마비로 죽었고, 세계 최고 권위의 연구소와 국과수에서 모두 특이한 사항이 없었다고 했다. 하지만 자꾸만 이상한 의심이 자라고 있는 큰별은 답답하기만 했다.

"제가 너무 음모론, 조작, 장기미제 사건, 뭐 이런 거에 심취했나 봐요. 아니면 요즘 일이 너무 따분했나."

신우택의 설명을 들은 큰별은 고개를 숙이고 쓸데없는 생각을 하는 자신을 탓했다. 앞으로는 상식적이고 현실적으로 사건을 바라봐야겠다는 다짐도 했다.

"네가 이제 3년 차인가? 내 생각에 너는 지금 직장인 사춘기, 그 거야. 이제 사회생활 좀 했다고 위에서 시키는 대로 하는 게 거슬리 는 거지. 일머리가 큰 거야. 그런데 사회생활이라는 건, 까라면 그 냥 까는 거야. 그래야 몸도 마음도 편해. 그건 몇 십 년이 지나도 절 대로 바뀌지 않을 진리야! 이럴 때는 그냥 술 한 잔 마시고, 담배 한 대 피우면서 담배 연기와 함께 짜증과 스트레스를 날려 보내면 되 는 거야. 그래도, 네가 의심스럽다고 하니 나도 들어가서 스캐닝 결 과를 다시 꼼꼼히 살펴볼게."

신우택은 의기소침해 있는 큰별에게 잔을 들이밀며 말했다. 점심 부터 시작한 술자리는 날이 저물도록 계속되었고 큰별은 신우택을 찾아오기를 잘했다고 생각했다. 하지만 집으로 돌아가는 큰별의 머릿 속에는 또다시 신우택이 무심코 한 말이 떠올라서 사라지지 않았다.

'누가 사람 뇌에 있는 블랙박스를 일부러 제거하기라도 했겠어?'

* * *

지난밤 큰별은 술에 제법 취했음에도 불구하고 잠이 오지 않아, 영화 '살인의 추억'을 틀어놓고 밤을 지새웠다. 수십 번은 더 봤을 영화 속에서 미칠 듯이 범인을 잡고 싶어 하는 형사의 모습에서 큰별은 할아버지를 떠올렸다. 그리고 자신의 모습을 덧입혀보았다. 영화처럼 조사하고 범인을 색출하는 형사의 모습……. 물론, 지금의 상황은 그저 큰별의 의심이고 추측일 뿐이었다. 큰별도 그 사실을 잘 알고 있지만, 왠지 모를 묘한 기분에 사로잡힌 밤이었다.

블랙박스 영상을 확인하지 못한 사건 하나 때문에 무슨 큰일이라도 벌어진 것처럼 생각하는 이유에 대해서 신우택의 말처럼 단지 직장인 사춘기 때문이라고 생각하는 것이 가장 편할 것 같았다.

영화와 사건 생각에 사로잡혀 새벽이 되어서야 겨우 잠이 들었지만 어김없이 정시에 출근했고 평소와 다를 것 없는 하루를 보냈다. 절도 현행범으로 잡혀 온 고등학생들을 조사했고, 지난밤 클럽에서 싸운 30대 남성들을 체포해서 조사했다. 두 사건 모두 블랙박스 영상만으로 명확하게 정리되었다. 평범했던 하루를 마치고 퇴근하기 위해 자신의 검은색 구형 SUV 전기 자동차에 오른 큰별에게 정훈직이 달려와 외쳤다.

"선배! 사망 사건이요. 대치동 [더 블랙] 본사!"

* * *

큰별은 서둘러 [더 블랙] 본사로 향했다. 늘 출입하던 연구소 바로 아래층에 위치한 전략기획실 사무실. [더 블랙]의 핵심 부서인 전략기획실 사무실은 다른 회사의 사무실들과 다를 바 없었다. 입구부터 펼쳐지는 흰색 로비가 마치 새로운 세계로 들어가는 느낌을 주는 연구소와는 달리, 전체적으로 블랙 앤 화이트 콘셉트의 세련된 사무실은 중앙의 공용 공간과 이곳을 둘러싼 몇 개의 방으로 이루어져 있었다. 각 방에는 많은 모니터와 각종 기기가 놓여 있는 업무용 책상과 가벼운 미팅을 위한 티테이블, 그리고 소파가 놓여 있었다.

엘리베이터에서 가장 멀리 떨어져 있는 '전략기획실 실장'이란 금빛 명패가 붙어 있는 방 앞으로 먼저 도착한 국과수 직원들과 다른 경찰들이 사건 현장에 노란 폴리스 라인을 설치하고 있었다.

"선배, 특이점은 없어요. 다행히 타살 흔적 같은 건 없네요. 일찍 퇴근할 수 있겠어요."

먼저 도착해서 시신 앞에 쪼그리고 앉아 있던 훈직이 기계적으로 홍채 인식기와 지문 인식기를 이용해서 신원 확인을 하며 다행이라는 듯 말했다. 시신은 마치 소파에 앉아 잠을 자는 것처럼 보였다.

"윤현태. 35세. 전략기획실 실장이에요. 이번 주에 건강검진을 받았고, 심장질환 진단을 받은 기록이 있는 것을 보니 심장마비인 것 같아요. 요즘 심장병이 유행인가?"

'또 심장마비라고?'

큰별은 섬뜩한 느낌에 머리카락이 서는 것 같았다.

"블랙박스 영상은 도착해서 바로 요청해두었어요."

훈직의 말과 거의 동시에 변기호 소장이 폴리스 라인을 제치며 들어왔다.

"이 경위! 요즘 자주 보네. 윤현태 실장은 심장질환이 있었어. 요즘 새로운 프로젝트 관계로 너무 무리를 한 게 아닌가 싶네. 스트레스를 많이 받았거든."

변 소장은 윤현태의 시신을 바라보며 덤덤하게 말했다. 동료의 시신을 앞에 두고 슬퍼하지도 않고 아무렇지 않게 사망의 원인을 추측하는 그의 모습에 큰별은 밤새 애써 억눌렀던 의심이 다시 피어오르는 기분이 들었다.

"블랙박스 영상은 바로 확인할 수 있겠죠?"

큰별은 쏘아대듯 변기호 소장에게 물었고, 변 소장은 설명할 수 없는 오묘한 표정으로 대답을 망설였다. 큰별은 그의 표정이 마음에 들지 않았다.

"[더 블랙] 직원이니 벌써 블랙박스 영상은 이미 확인하셨겠죠? 설마 이번에도 블랙박스 영상에 오류가 있는 건 아니죠?"

큰별은 변 소장을 의심 가득한 눈빛으로 노려보며 말했다.

"아니, 그럴 리가 있겠나. 아직 확인해보지는 않았지만, 블랙박스에는 문제가 없을 거네. 그런데 자네도 알겠지만 [더 블랙]은 국가 제1급 보안 시설이네. 이곳에서 일어난 일에 대해서 특별한 사유가 없는 이상 블랙박스나 CCTV 영상을 제출할 의무는 없어. 국과수에서 종합 보디 스캐닝은 할 거야. 돌아가 있으면 스캐닝 결과와 함께 공문으로 소견서를 보내줄 테니 그걸로 사건 종결하면 되네."

큰별은 몰랐던 사실을 하나 알게 되었다. '휴먼 블랙박스 프로젝트'가 진행되면서 '블랙박스 특별법'이 생겼고, 특별법을 통해 변기호 소장이 말한 대로 [더 블랙]은 국가 제1급 보안 시설로 지정되었다.

변기호 소장의 말에 큰별은 어떠한 말로라도 반박하고 싶었지만, 아무 말도 할 수가 없었다. 그저 이번에도 블랙박스 영상이 없는 상태로 사망 사건을 종결하는 보고서를 써야 한다는 생각에 무력감이 찾아왔다. 하지만 이내 현실을 받아들이고 할 수 있는 일을 해보기로 했다.

"네. 그럼, 내일 오전에 우선 전략기획실 직원들 인터뷰만 좀 할게요. 협조 부탁드려요."

* * *

다음 날 오전, 큰별은 [더 블랙]의 전략기획실 최민하 과장과 양민아 대리를 포함하여 예닐곱 명을 인터뷰하고 경찰서로 돌아왔다. 전략기획실 직원들은 최대한 감정을 드러내지 않고 조심스럽게 인터뷰에 임했다. 모두 윤현태 실장에게 심장 관련 질환이 있는 것을 알고 있었다고 진술했고, 최근 며칠간 강도 높은 야근을 해왔다고 도 했다. 변기호 소장의 이야기와 정확하게 일치했다. 오직 양민아 대리만 인터뷰 도중 눈물을 흘리기도 했는데, 그녀는 입사 시절부 터 함께해온 사이라서 그렇다고 말했다.

인터뷰를 마치고 돌아와 자리에 앉아 컴퓨터를 켜자 국과수의 종합 보디 스캐닝 결과와 사건 소견서가 이미 도착해 있었다. 발신 자는 [더 블랙]이었다.

'국과수의 시신 스캐닝 결과 사인은 심장질환으로 인한 심정지. 블랙박스 영상 내 특이사항 없음. 최근 건강검진을 통해 심장질환 이 심해져 지속적인 관리가 필요한 상태라는 것을 사망자 본인이 알고 있었으나, 과로와 스트레스로 인해 증상이 악화되어 사망한 것으로 판단됨.'

지난주 사건과 완벽하게 동일한 내용에 동일한 문서가 실수로 재전송된 게 아닌가 싶을 정도였다. 화가 난 큰별은 자리에서 벌떡 일어나 소견서의 내용을 큰 소리로 읽었다. 팀장을 포함한 사무실 의 모든 직원이 큰별을 쳐다봤고, 그 모습을 바라보던 정병욱 팀장 은 큰별에게 정신 차리라는 듯 소리를 질렀다.

"야! 너 요즘 왜 그래? 국과수랑 [더 블랙]에서 인정하면 그게 곧 팩트인 거야. 과학적으로 증명된 거라고. 네가 무슨 열혈 기자야? 무슨 의심이 그리 많아? 블랙박스 영상 하나 직접 확인하지 못한 거 가지고 왜 이렇게까지 난리야? 한동안 잠잠하더니 또 별난 짓거리를 시작하는 거야?"

평상시 같았으면 그냥 "죄송합니다" 하고 끝냈을 큰별이었지만, 이번에는 그러지 않았다. 아니, 그러면 안 될 것 같았다. 우연일지라도 그것이 계속되면 이상한 거였다.

"팀장님도 이상한 거 아시잖아요? 지금까지 [더 블랙]에서 뭐라고 홍보했어요? '블랙박스는 세상의 모든 거짓으로부터 소중한 진실을 지켜준다.' 그래 놓고 진실을 보여주지 않고 그냥 받아들이라는 거잖아요! 이상하면 수사해봐야죠. 우리 경찰이잖아요. 형사! 강력팀!"

큰별은 자리를 박차고 밖으로 나왔다. 큰별의 뒷모습을 바라보던 정 팀장은 자기 방으로 돌아가 사무실이 밖에서 보이지 않도록 블라인드를 조절했다.

당당하게 소리치고 무턱대고 나오기는 했지만, 당장 무엇을 어디서부터 어떻게 시작해야 할지 전혀 감이 오지 않았다. 주차장에서 담배를 두 대 연속으로 피운 큰별은 심호흡하며 우선 신우택에게 전화를 걸었다.

"여보세⋯⋯."

"형! [더 블랙]에서 블랙박스 영상을 또 줄 수가 없대요. 이거 이상한 거 맞죠? 내가 이상한 거 아니죠?"

큰별은 신우택이 채 말하기도 전에 말을 끊고 물었다. 지금 큰별에게는 그의 동의가 필요했다.

"야야야! 너 왜 이렇게 흥분했어? 진정해. 어제 [더 블랙] 사건 때문에 그런 거야? 우리 직원 말로는 스캐닝에서 아무것도 안 나왔다고 하던데, 뭐 또 무슨 의심스러운 거라도 있는 거야?"

큰별은 신우택의 이야기를 들으며 담배를 한 대 더 꺼내 불을 붙이며 말했다.

"그런 특별법이 세상에 어디 있어요? 법으로 사각지대를 만들어준 거잖아요? 그러면 그 안에서는 사람 막 죽이고, 막 조작하고 그래도 되는 거예요?"

"역시 영상을 직접 볼 수 없어서 그런 거구나. 그런데 그건 [더 블랙] 내부에서 발생한 사건이라서 어쩔 수 없는 거잖아. 진정하고 잘 들어. 전에도 말했지만, 블랙박스 영상 없이 종결되는 사건이 없었던 것도 아니고, 연관성도 없는 두 사건에서 담당 형사인 네가 블랙박스 영상을 확인하지 못했다는 이유만으로 이렇게 흥분하는 건 나조차도 이해가 안 돼. 의심하는 건 좋은데, 그 의심이 납득되지 않는다는 말이야. 진정하고 추가로 조사를 더 해보는 것이 좋을 것 같아."

연이어 발생하기는 했지만, 그저 두 건의 사건이었다. 그리고 그중 하나는 블랙박스 영상을 일부러 공개하지 않는다고 볼 수는 없었다. 그렇다면 다른 사건에서도 이런 일들이 있었는지를 확인해야 했다. 큰별은 왜 진작 다른 사건들을 조사해볼 생각을 하지 않았는지 자신이 한심했다. 신우택의 이야기를 듣고 조금은 흥분이 가라앉은 듯 큰별은 낮은 톤으로 말했다.

"지난번에 블랙박스 영상 없이 검시 요청 받은 케이스에 대해서 이야기했었죠? 그 케이스 좀 알려주세요. 경찰 데이터베이스에서 사건 보고서를 좀 확인해봐야 할 것 같아요."

신우택과의 통화를 끝낸 큰별은 복잡한 마음을 달래기 위해 담배를 몇 대 더 피우며 생각했다. 세 번째 담배에 불을 붙일 때 신우택에게서 몇 건의 사건 일자와 담당 경찰서의 목록이 전송되었다. 큰별은 급히 담배를 끄고 다시 사무실로 들어갔다.

큰소리를 치고 나간 큰별이 몇 분 만에 다시 돌아오자 사무실 분위기는 냉랭해졌다. 모두 조용히 모니터만 바라보고 있었다. 간간이 들리는 키보드를 누르는 소리만 사무실에 사람이 있다는 것을 알려줄 뿐이었다.

큰별은 자리에 앉아 신우택이 보내준 리스트를 다시 확인했다. 여덟 건의 사건들 중 총 세 건이 강남경찰서 관할 사건이었다. 경찰서 데이터베이스를 통해 해당 사건을 검색한 큰별은 검색 결과를 확인하자마자 너무 놀라 모니터 가까이 얼굴을 가져갔다. 눈앞에 나타난 담당 형사의 이름을 제대로 읽은 게 맞는지 의심스러웠다.

'관할: 강남경찰서, 담당: 정병욱 경위.'

세 건 모두 담당자는 자신의 팀장인 정병욱이었다. 모두 큰별이 임관하기 전 사건으로 두 건은 3년 전에 발생했고, 나머지 한 건은 큰별이 임관하기 바로 직전에 발생한 사건이었다. 모두 조금 전 [더 블랙]으로부터 받은 내용과 비슷한 소견서가 첨부되어 있었다. 큰별은 숨을 죽이고 각각의 사건 보고서를 꼼꼼히 살펴보았다. 왠지 다른 사람이 보면 큰일이라도 날 것처럼 몇 초에 한 번씩 다른 사람이 혹시나 자신의 모니터를 보지나 않을까 두리번거렸다.

* * *

직원들이 모두 퇴근한 강남경찰서 강력팀 사무실에는 불이 꺼져 있었다. 오직 큰별의 모니터와 스탠드에서 나오는 불빛만이 마치 무대 위의 핀 조명처럼 큰별을 비추고 있었다. 큰별은 벌써 몇 시간째 화장실도 가지 않고 블랙박스 영상 없이 종결된 사건의 보고서와 사망한 사람들의 신원에 대해서 조사를 하고 있었다.

사건에서 명확한 공통점을 찾을 수는 없었다. 사망의 원인은 병사. 암과 심장질환이었다. 모두 성인 사망률 1, 2위를 다투는 사인들이기 때문에 이상한 일이라고 할 수는 없었다. 하지만 정병욱 팀장이 담당했던 세 건의 사건에서는 공통점이 보이기 시작했다. 세 명은 모두 독신이었고, 그들이 죽은 이후 블랙박스 영상을 확인할 만한 가족은 없었다. 세 명 중 한 명은 [더 블랙] 브라이언 회장의 운전기사, 한 명은 [더 블랙]의 하청업체 사장, 마지막 한 명은 전 강남경찰서 강력팀장이었다. 세 사건 모두 직간접적으로 [더 블랙]과 관련이 있음이 확실했다.

큰별은 자신의 의심에 명분이 생겼다는 생각에 막힌 것이 뚫리는 듯한 기분이 들었다. 어떤 이유에서건 블랙박스 영상을 담당 경찰이 확인하지 못한 채 사건이 종결되었고, 그 중 대부분은 [더 블랙]과 관련이 있었다.

'단순 사망이 아닐지도 모른다.'

큰별은 무언가 큰일이 벌어지고 있다는 생각에 두려운 마음이 들었지만, 마음 한편에서는 이제야 진짜 경찰이 된 것 같은 묘한 자부심이 더 크게 자라는 것을 느꼈다.

* * *

서울 외곽 언덕에 위치한 오래된 작은 아파트 단지 진입로로 큰별의 검은 SUV가 조용히 진입했다. 큰별은 엘리베이터를 타고 가만히 층수를 바라보며 한숨을 쉬었다. 그러고는 거울을 바라보며 애써 웃는 표정을 연습했다. 6층으로 향하는 엘리베이터가 유난히 느리게 느껴졌다.

정병욱 팀장은 작은 거실에 앉아 소주를 마시고 있었다. 올해 열다섯 살이 된 딸은 2년 전 영국으로 유학을 갔고, 아내는 부산에서 근무하고 있었다. 주말 부부이면서 기러기 신세였다. 퇴근 후 늘 불꺼진 거실에 TV만 틀어놓고 혼자 소주를 마시는 것이 일상이 되었다. 오늘도 TV만이 그의 술친구가 되어주고 있었다.

"띵동."

아무도 찾아올 리 없는 밤 10시. 자기 집에서 울리는 벨 소리가 유난히 낯선 정병욱 팀장은 주섬주섬 옷을 챙겨 입으면서 인터폰 앞으로 다가갔다. 현관 앞에 서 있는 남자는 큰별이었다. 낮에 사무실에서 난리를 친 큰별이 이 시간에 찾아온 것이 사과하기 위해서는 아닐 거란 생각에 불안한 느낌이 들었다. 문을 열자 큰별이 소주병이 든 비닐봉지를 내보이며 웃었다. 정병욱 팀장은 자신이 괜한 걱정을 한 게 아닌가 싶어 부러 더 큰 목소리로 큰별을 맞이했다.

"우리 집까지 웬일이야? 그것도 이 늦은 시간에?"

"드라마나 영화 보면 혼자 사는 불쌍한 선배한테 주인공이 가끔 소주 들고 찾아가잖아요? 그냥 갑자기 한번 해보고 싶었어요."

큰별은 웃으면서 말했다. 정병욱 팀장은 큰별의 어깨를 두드리며 집 안으로 안내했다. 그는 거실까지 가는 좁은 복도를 가득 채운 빨랫거리들을 발로 걷어내고는 거실의 불을 켰다.

"혼자 사는 집이 다 이렇지, 뭐."

정병욱 팀장은 예고 없는 후배의 방문에 비밀스러운 사생활을 들킨 것처럼 부끄러운 마음이 들었지만, 자신을 찾아와준 것이 고맙기도 했다. 외향적이지도 않고, 술을 좋아하지도 않는 큰별과는 사적인 시간을 가진 적이 거의 없었기 때문에 큰별의 방문이 어색하면서도 반가웠다.

둘은 팀장의 가족 이야기, 큰별의 신입 시절 이야기 등을 나누면서 소주를 마셨다. 거실 한쪽에 세 번째 빈 병이 놓일 무렵 큰별이 어렵게 말을 꺼냈다.

"팀장님, 오늘 [더 블랙] 사건 말이에요. 제대로 수사를 해보고 싶어요."

정병욱 팀장은 소주 한 병을 더 따서 큰별에게 따라주면서 말했다. 그의 얼굴은 아주 빨개져 있었지만 목소리와 말투는 평상시와 같이 흔들림 없이 정확했다.

"네가 무슨 생각을 하는지는 알아. 하지만 그 사건은 이미 팩트가 확인되었잖아. 국과수도, [더 블랙]도 인정한 팩트가 있다고. 그런데 무슨 수사가 더 필요하겠어? 꼭 네 두 눈으로 블랙박스 영상을 확인해야 속이 시원할 것 같아서 그런 거야?"

큰별은 고개를 가로저으며 정병욱의 잔을 채웠다.

"자꾸 의심이 가서 그래요. 블랙박스 영상을 보여주지 않는 이유.

경찰이라면 그걸 알아봐야 할 것 같아요. 아무래도 이 죽음은 의문사인 것 같아요. 그리고……."

큰별은 정병욱 팀장의 눈을 똑바로 바라보며 결심이 선 듯 단호하게 말을 이었다.

"사무실에서 예전 자료들을 살펴보고 오는 길이에요. 이번처럼 블랙박스 영상 없이 종결된 사건이 우리 서에서만 세 건이 있더라고요. 담당은 정병욱 경위였고요. 왜 말씀 안 해주셨어요?"

정병욱 팀장은 큰별의 눈길을 피해 급히 소주잔을 채웠다. 소주를 따르는 그의 손이 떨리고 있는 것을 큰별은 느낄 수 있었다. 정병욱 팀장은 긴 한숨을 내쉬며 어렵게 말을 시작했다.

"큰별아, 나도 너랑 똑같았다. 처음에 팀장이 사건을 빨리 종결하라고 했을 때 이상했지. 구렸지. 그런데 팀장이 그러더라. 눈앞에 있는 팩트만 보라고. 그래도 이상했지. 그런데 어쩌겠냐. 시키면 해야지. 틀린 말도 아니고. 그런데 얼마 지나지 않아 또 그런 지시가 떨어진 거야."

정병욱 팀장은 소주를 한 잔 비우고 큰별의 담배에 불을 붙였다. 그러고는 자신도 담배 연기를 길게 뿜으며 말을 이어갔다.

두 번째 사건에서 정병욱 팀장은 당시 자신의 팀장에게 똑같은 잔소리를 듣고 이번에도 할 수 없이 사건을 그냥 종결했다. 그날 저녁, 만취가 되어 팀장을 찾아간 그는 또다시 이런 일이 생기면 수사를 제대로 해봐야 하지 않겠느냐고 진심으로 말했고, 팀장은 그러자고 약속했다. 그리고 얼마 지나지 않아 그는 세 번째로 블랙박스 영상을 확인하지 못한 사건을 맡게 되었다. 자신의 팀장이 사망한 채 발견된 것이었다. 사인은 암이었다. 워낙 담배를 손에서 놓지 않고, 술도 한번 마시면 끝을 보는 사람이었지만, 건강하던 사람이 갑자기 죽었다는 것이 믿어지지 않았다. 정 팀장은 서장을 찾아가 사건을 이대로 종결시킬 수 없다고 주장했지만, 서장은 서늘한 표정으로 그에게 말했다.

"정병욱 경위, 손에 팩트를 쥐었으면 의심하면 안 돼. 죽어가는 상사의 고통스러운 마지막을 본다고 뭐가 달라지겠어? 자네도 이제 승진도 하고, 팀장으로 올라가야지?"

정병욱 팀장은 그때 서장의 말투와 표정, 그리고 그의 목소리까지 아직도 생생히 기억나는 듯 고개를 가로저었다.

"그때 나는 이해가 안 되는 일은 그냥 외워버리기로 마음먹었다. 그냥 이런 상황에서 경찰은 위에서 시키는 대로 해야 하는 거라고. 물론 지금은 생각이 조금 다르기는 하지만."

팀장은 다시 소주잔을 비우며 말을 삼켰다. 어렵게 털어놓은 팀장의 이야기를 들은 큰별은 무슨 말을 할지 도무지 떠오르지 않았다. 위로해야 할지, 왜 그랬느냐고 몰아세워야 할지, 아니면 이제라도 수사를 하게 해달라고 요구해야 할지.

팀장은 자신과의 약속을 지키기 위해 상사가 죽었을지도 모른다는 괴로움에 살았을 것이다. 그래서 보이는 팩트만 믿으려고 더욱 노력했을지도 모른다. 어쩌면, 자신도 죽을 수 있다는 두려움을 느꼈을지도 모른다.

한동안 이어지던 정적을 깨고 큰별이 애써 밝은 표정으로 어깨를 으쓱하며 말했다.

"다른 건 모르겠고, 팀장님도 이상하다고 생각한다는 거네요. 그거면 됐어요."

정병욱 팀장은 아무 말 없이 고개를 끄덕이며 남은 소주를 따라 마셨다. 큰별의 표정은 말린다고 들을 표정이 아니었다. 그리고 말리면 안 될 것 같았다.

* * *

강남경찰서 강력팀 사무실 창밖으로 서서히 붉은 해가 떠오르고 있었다. 사무실 한쪽 구석에 놓인 긴 소파에 큰별이 누워 잠들어 있었다.

지난 새벽 큰별은 술에 취한 정병욱 팀장을 침대에 눕히고, 식탁 위에 쪽지를 써놓고 집을 나와 사무실로 돌아왔다.

'팀장님, 출근할 때 제 차 좀 가지고 와주세요.'

정신을 바짝 차리고 술을 마신 탓에 정신이 오히려 더 멀쩡한 기분이었다. 큰별은 책상에 앉아 윤현태의 통신 기록을 확인했다. 최근 1년간 통신 기록에는 [더 블랙] 직원과 국과수, 방송국 직원 외에는 통화나 통신을 한 사람이 아무도 없었다. 2년으로 범위를 늘리자 사적인 것으로 보이는 통신 기록이 눈에 들어왔다.

'임은하.'

지난 2년 동안 윤현태의 통신 기록에 있는 유일한 외부인이었다.

큰별은 임은하의 연락처를 확인한 후에야 사무실 소파에 쓰러져 잠이 들었다. 느지막이 출근한 정병욱 팀장은 자고 있는 큰별을 보며 고개를 저었다. 그러고는 자신의 방으로 들어가며 훈직을 불러 큰별의 차 키를 던지며 큰 소리로 말했다.

"저놈 깨워서 찜질방이라도 보내라! 그리고 자기 차는 스스로 챙기라고 하고!"

정병욱 팀장은 알 수 없는 옅은 미소를 짓고 있었다.

* * *

2034. 8. 15. 화요일. IBS Headline NEWS

오늘의 헤드라인입니다.

다른 사람이 보고 듣는 것들이 그대로 왜곡 없이 내 눈앞에 펼쳐지는 상상, 해보셨나요? 이런 영화 같은 일이 앞으로는 가능해질 것 같습니다.

[더 블랙] 연구소의 이대형 박사가 뇌신경에서 시각과 청각, 후각 정보를 추출하여 재생하는 실험에 성공했다고 《브레인 사이언스》지를 통해 발표했습니다. 뇌신경의 1번, 2번, 8번 신경과 '공감 재생기'라는 장치를 직접 연결하여 재생하는 건데요. 이대형 박사는 뇌신경을 통해 수집되는 정보를 저장할 수 있는 장치에 대한 연구를 진행 중이며 수년 내에 성과가 있을 것이라고 밝혔습니다.

연구가 성공한다면, 특히 살인 사건의 피해자나 목격자의 시청각 정보를 통해 범죄자를 밝히는 데 큰 도움이 될 것 같습니다. 특히, 요즘 미해결 사건 문제가 심각한데요. 이른 시일 내에 연구가 성공해서 세상에 나오는 날이 왔으면 좋겠습니다.

건강검진

고운과 늦은 시각까지 이야기를 나누었지만, 몇 잔 마신 소주 탓인지 은하는 맞춰 놓은 알람이 울리기 한참 전에 갈증을 느끼며 일어났다. 물을 마시고 싶었지만, 건강검진 전까지는 물도 마시면 안 되기 때문에 침을 모아 삼키는 걸로 버텼다. 은하는 앞으로는 건강검진 전에 절대 술을 마시지 않으리라 다짐했다. 다시 잠을 자고 싶었지만, 오히려 정신이 말짱해지기만 했다. 은하는 침실에서 나와 거실의 이곳저곳을 둘러보았다. 너무 이른 시간에 일어나서 딱히 할 일이 없었다. 은하는 소파 위에 막 던져놓은 가방을 열어 수첩을 꺼냈다. 그동안 소설을 쓰기 위해 끄적여 놓은 단어들과 문장들이 눈에 들어왔다.

'안 써져', '필이 안 와', '무능력', '구려', '의심', '클리셰', '기시감', '표절', '포기'…….

부정적인 이야기들로 가득 찬 페이지에서 눈길이 멈춰졌다. 페이지를 넘겨, 이름 하나를 적었다. '윤현태.' 어제 고운이 술김에 한 말이 생각났다.

'현태 씨와의 이야기를 써볼까?'

은하는 잠시 망설이다 고개를 가로저으며 페이지를 한 장 더 넘겼다. 그러고는 자신이 생각할 수 있는 긍정적인 단어를 적기 시작했다.

'사랑', '믿음', '진실', '진심', '나랑 닮은 사람', '만남', '희망'.

오랜만에 아침에 일어나 무언가라도 끄적이다 보니 왠지 평소보다 글도 잘 써질 것 같은 기분이었다. '그래, 이제부터라도 열심히 써보자!'라는 생각을 하며 은하는 다짐했다.

'오늘부터 아침형 인간이 되어야지!'

기분이 상쾌했다.

'다 좋은데, 담배와 커피가 없는 아침이라니…….'

오직 그것만이 아쉬웠다. 마지막에 몇 개의 단어를 더 적은 은하는 수첩을 덮고 나갈 채비를 했다.

'소주', '담배', '커피', 그리고 '고운'.

* * *

　건강검진 센터는 평소와 달리 사람이 많지 않았다. 마치 놀이공원에 온 것처럼 오래 기다려야만 했던 예전의 기억과는 너무도 달랐다. 은하는 이 낯선 여유로움이 좋았다.

　"임은하 씨."

　간호사가 은하를 호명하고, 분홍색 환자복을 입은 은하는 바로 검사실로 들어가 하얀 가운을 입고 있는 의사와 마주 앉았다.

　"임은하 씨 맞으시죠? 건강검진 받으신 지 1년이 넘으셨네요? 오늘 검진은 36개 신체 기관 및 블랙박스에 대해서 종합 보디 스캐닝을 진행할 겁니다. 시간은 30분 정도 소요되고, 검진 중에 발견된 종양이나 부종이 있다면 바로 내시경으로 제거하게 됩니다. 전신 마취를 하더라도 통증을 느끼시는 분이 간혹 계십니다. 그런데 순간적으로만 느껴질 뿐이지 깨어나서는 기억을 못 하실 테니 크게 걱정은 하지 않으셔도 됩니다. 혹시 질문 있으십니까?"

　"어제 제가 술을 조금 마셨는데 괜찮을까요? 그런데 정말 9시 정각부터는 물 한 모금 안 마셨어요."

　사무적인 말투의 의사에게 은하는 겸연쩍은 듯 웃으며 물었다. 마스크로 얼굴을 가리고 있어 표정을 알아볼 수 없는 의사가 짙은 눈썹을 올리며 알고 있었다는 투로 괜찮다고 말했다. '12시간 이상

금식했다면 문제는 없지만 알코올 성분이 마취를 방해하는 경우가 종종 있기 때문에 검진 중 용종 등의 제거가 이루어지는 경우에는 통증을 조금 느낄 수 있다'고 마치 배우가 익숙한 대사를 외는 것 같이 설명해주었다. 그러고는 건강검진을 위해 침대로 은하를 안내했다.

의사의 설명에 은하는 혹시 아프지는 않을까 걱정되었지만, 기억하지 못할 거라고 하니 곧 안심되었다. 설사 아프더라도 기억하지 못하면 아프지 않은 것이나 마찬가지일 테니.

검사실에 있는 예닐곱 명의 사람들이 분주해지기 시작했다. '건강검진에 원래 이렇게 많은 사람이 참여하는 건가'라고 생각하는 사이에 주삿바늘이 꽂히면서 따끔함이 느껴졌다.

"마취 시작합니다."

이 말과 함께 은하는 팔다리에 힘이 빠지고 눈이 감겼다. 마취 기운이 퍼지는 것이 느껴졌다. 은하는 바로 정신을 잃었다. 검진실의 시계는 10시 정각을 가리키고 있었다.

* * *

지난 3년간의 직장 생활 동안 은하는 건강검진을 제때 받아본 적이 없었다.

영화의 제작 PD라는 것은 마치 호수 위에 떠 있는 백조의 다리 같았다. 가라앉지 않기 위해 물 밑에서 발버둥치고 있을 백조의 다리에는 아무도 관심이 없다. 한 편의 영화가 만들어지기까지 대부분의 일을 맡아서 하지만, 일반인들은 제작 PD가 무슨 일을 하는지 관심조차 없기 마련이다. 영화가 아무리 성공하더라도 제작 PD의 이름까지 기억하는 사람은 없다. 사람들은 그저 감독, 작가, 배우 정도까지만 기억할 뿐이다. 현장에서, 또 사무실에서 몇 개월 동안 쉴 틈 없이 일해도 주목받지 못하는 그런 존재. 은하는 자신이 그런 존재인 것이 싫었다. 그래서 은하는 백조의 머리가 되기로 결심했는지도 모른다. 일한 만큼 인정받을 수 있는 그런 존재.

백조의 다리로 3년을 일한 은하는 반나절이라는 시간을 건강검진 따위에 할애할 여유가 없어서 건강검진을 항상 해가 넘어가기 직전에 받아왔다. 직원이 건강검진을 받지 않으면 회사에 과태료가 부과되기 때문에 그때는 회사에서도 어쩔 수 없이 휴가를 내줄 수밖에 없었다. 그래서 은하의 기억 속 건강검진은 항상 추웠다. 그리고 검진센터는 항상 사람들로 붐볐다.

하지만 오늘 아침에는 자발적 실업자가 된 탓에, 따뜻한 5월의 아침 햇살을 느끼며 집을 나서니 목적지가 건강검진 센터일지라도 괜히 기분이 좋았다. 한산한 검진센터도 그저 좋았다. 원래 건강검진은 생각도 안 하고 있었지만, 지난주에 검진센터 직원에게 직접 연락이 와 일정을 잡겠느냐고 물어보기에 그냥 바로 받기로 했다. 이후로 확인 전화도 두 번이나 왔기 때문에 잊으려야 잊을 수도 없었다. 개인이 검진을 받지 않으면 지원금이 줄어들어 그러는 건지, 아니면 그저 의료 서비스가 나날이 발전해 가는 것인지 은하는 궁금했다.

　어느새 20대 후반에 접어들면서 몸이 예전만 같지 않다고 생각했지만, 은하는 건강한 체질이었다. 감기에도 잘 걸리지 않았고, 걸리더라도 약만 먹으면 바로 나았다. 약발도 잘 받는 편이었다. 밤에 잠이 오지 않는 경우가 거의 없긴 했지만, 아주 가끔 잠이 오지 않아도 수면 유도제를 먹으면 30분 안에 깊은 잠에 빠지곤 했다.

* * *

　'어제 술을 마셔서 그런가. 왜 아프지. 술 때문에 마취가 제대로 안 된 건가.'

　분명히 아무것도 느낄 수 없어야 하는데 은하는 분명한 통증을 느끼고 있었다. 특히 머리와 코가 아팠다. 하지만 이 통증이 진짜인지, 꿈인지 확실치 않았다. 무언가 어수선한 대화 소리도 들렸지만 내용을 알아들을 수는 없었다. 깨어나면 아무것도 기억나지 않을 테지만 자신이 기억하지 못하는 일이 있다는 것은 결코 유쾌한 기분은 아니었다. 하지만 이 기분도 기억하지 못할 게 분명했다.

"임은하 씨, 검사 끝났습니다."

간호사가 깨우는 소리에 은하는 눈을 떴다. 회복실의 시계는 10시 50분을 가리키고 있었다. 회복실을 나와 복도에서 대기를 하면서 은하는 어지러움을 느꼈다. 기분 탓인지 얼마 전 맹장 수술 후에 마취에서 깨어났을 때보다 더 어지러운 것 같았다.

"임은하 씨."

얼마 지나지 않아 간호사가 은하를 불렀고, 은하는 또다시 의사와 마주 앉았다.

"검사 결과 위장에 작은 용종이 있어서 제거했습니다. 점심은 부드러운 음식으로만 드시고 저녁까지는 속이 조금 쓰릴 수 있습니다. 그리고 블랙박스 포함 다른 곳에는 아무런 이상이 없었습니다. 마취 때문에 3시간 정도는 운전을 하시면 안 됩니다. 특별히 궁금하신 게 있을까요?"

"조금 어지러운데 괜찮은 건가요? 그리고 머리하고 코도 조금 아파요. 어제 술을 마셔서 그런 건가 싶어서 걱정되네요."

은하의 질문에 의사는 은하를 물끄러미 바라보고는 별일 아니라는 듯 대답했다.

"원래 그렇습니다. 사람에 따라 다르기는 하지만, 마취가 풀리면서 어지러움이 동반될 수 있고, 블랙박스 검진은 콧구멍을 통해 뇌에 있는 블랙박스를 점검하는 것이기 때문에 코에 통증이 있을 수는 있습니다. 하지만 금방 괜찮아질 겁니다."

사무적인 의사와 그저 기계적으로 몇 마디 대화를 더 나누고 은하는 검진센터를 나왔다. 의료 서비스가 발전하고 있다는 검진 전에 했던 생각은 틀렸다고 생각했다.

은하는 직장을 그만두고 글을 쓰기 시작하면서 사회를 바라보는 자신의 시각이 많이 달라졌음을 느꼈다. 직장 생활을 할 때는 월급에서 떼어가는 세금이 그렇게 아깝기만 했다. 그리고 투자사부터 시작해서 그저 나를 귀찮게 하는 모든 회사들이 싫기만 했었다. 하지만 그저 혜택들을 받는 입장이 되니 씁쓸하긴 해도 나라와 사회, 그리고 기업들에 대한 고마움이 조금은 생기는 것 같았다. 다만, 사무적인 의사들이 조금만 더 친절해질 수는 없는 건지 그 부분이 아쉬웠다.

검진센터를 나온 은하는 바로 흡연실을 찾아갔다. 막 담배에 불을 붙일 때, 한 남자가 다가와 은하에게 라이터를 빌려달라고 했다. 은하는 한 손으로 무심히 라이터를 건네며, 다른 한 손으로는 위치를 확인했다. 라이터를 돌려주는 남자의 손가락은 유난히 하얗고 손톱이 길었다. 은하는 역시 무심히 라이터를 받아 주머니에 넣었다.

'부재중 통화 7건. 서울 강남경찰서.'

"이게 뭐야? 경찰서에서 나한테 무슨 일로 전화를 이렇게 많이 했지?"

단순히 잘못 걸린 전화는 아닐 것이라는 생각에 은하가 무슨 일일까 잠시 생각하는 동안 8번째 전화가 울렸다. 아무리 생각해봐도 도무지 경찰이 자신을 찾는 이유가 무엇인지 짐작조차 할 수 없었다.

은하는 장난 전화일 거라 생각하며 담배를 꺼내 입에 물고는 통화 버튼을 눌렀다.

참고인 조사

"도대체 무슨 일인데, 전화를 이렇게 많이 하시는 거죠?"

전화를 받자마자 은하는 수화기에 대고 쏘아붙였다.

"임은하 씨? 서울 강남경찰서 이큰별 경위라고 합니다."

감정이 실리지 않은 낮은 톤의 목소리가 수화기 넘어 들려왔다. 진짜 경찰이었다.

"경위요? 경찰? 진짜 경찰서 맞아요? 경찰서에서 저한테 무슨 일로 전화를 하신 거죠? 전 잘못한 게 없는데요."

"다름이 아니고, 혹시 윤현태 씨라고 아십니까?"

또 윤현태라는 이름이 은하를 멍하게 만들었다. 잊고 지내던 전 남자 친구의 이름을 이틀 연속 다른 사람의 입을 통해 듣게 된 은하는 당황했다. 특히 이번에는 그 이름이 경찰에게서 나왔기 때문에 더 당혹스러웠다. 은하는 마른침을 삼키며 말했다.

"현태 씨요? 알지요. 알아요. 그런데 현태 씨는 갑자기 왜? 현태 씨에게 무슨 일이라도 생겼나요?"

"윤현태 씨 관련해서 몇 가지 여쭙고 싶은 일이 있어서요. 혹시 지금 만나 뵐 수 있을까요? 괜찮으시면 제가 지금 계신 곳으로 가겠습니다."

큰별은 최대한 빨리 은하를 만나고 싶었다. 참고인 조사를 할 때, 사람이 거짓말을 준비할 수 있을 만한 여지를 최대한 줄이기 위해서 가능한 한 빨리 만나야 한다고 했던 할아버지의 말씀이 기억났기 때문이다.

은하의 눈에 멀리 미술관이 보였다. 마취가 제대로 깨지 않았는지 계속 어지러운 데다가 갑자기 현태와 관련하여 만나자고 하는 경찰 탓에 사고가 멈춘 것 같았다. 그래서 눈에 보이는 대로 미술관에서 만나자고 말해 버렸다. 떨리는 손은 쉽게 진정되지 않았다.

* * *

평일 오후 미술관 로비에는 사람이 북적거렸다. 단체 관람이라도 왔는지 노란색 유치원 옷을 입은 어린아이들이 떠드는 소리에 은하는 장소를 잘못 골랐다고 생각했다. 로비에 있는 두 곳의 카페에도 사람이 많기는 마찬가지였다. 평일 오후 시간에 여유롭게 미술 전시회를 보고, 카페에서 수다 떨 수 있는 사람들이 이렇게 많다는 것을 은하는 몰랐다. 은하는 지금까지 너무 여유 없는 삶을 살아왔다는 생각이 들어 문득 자신이 불쌍하게 느껴졌다. 하지만 그런 자기연민의 시간을 길게 가질 여유는 없었다. 미술관 안내데스크 앞에 서서 한 무리의 외국인을 상대하고 있는 정복을 입은 경비원을 보고는 자신이 경찰을 만나러 왔다는 것을 깨달았다. 은하는 사람이 상대적으로 적은 카페로 들어갔다.

은하는 입구와 가장 가까운 곳에 자리를 잡고 앉았다. 빈자리가 하나밖에 보이지 않아 선택의 여지가 없기도 했다. 자리에 앉으니 어지러운 게 조금 나아지는 것 같았다. 그러면서 조금 전 경찰과의 통화를 다시 떠올렸다. 미술관까지 걸어오면서 주위에 무엇이 있었는지 하나도 기억나지 않을 만큼 계속해서 생각을 해봤지만, 도대체 경찰이 현태에 대해서 무엇을 물어보려고 하는 것인지 그 이유를 짐작조차 할 수 없었다. 현태에게 전화를 해보고 싶었지만, 은하는 자신이 현태에게 전화를 걸 수 없음을 깨달았다. 핸드폰에 저장된 주소록을 여는 것과 동시에 현태와 헤어진 그날 밤 그의 전화번호를 지워버린 것이 생각났기 때문이다.

큰별도 은하를 만나기로 한 미술관 주차장에 도착했다. 고등학교를 졸업하고 나서는 미술관이라는 곳을 와본 적이 없기 때문에 꽉 찬 주차장에서 한숨을 쉬었다. '이 시간에 미술관에서 보자고 하다니 삶의 여유가 있으신 분인가 보네'라고 생각하며 큰별은 빈자리를 찾아 주차장을 두 바퀴 돌고는 엘리베이터 앞에 위치한 주차금지 구역에 차를 세우고 차량 지붕 위에 경찰 경광등을 올려두며 생각했다.

'수사 중이니까 괜찮아.'

엘리베이터를 타고 미술관 로비 층에서 내려 정문 쪽에 위치한 카페 앞으로 다가가자, 창가 쪽 자리에 혼자 앉아 있는 여자의 모습이 눈에 들어왔다. 큰별은 바로 그녀가 은하임을 알 수 있었다. 주위의 많은 사람 중 가장 미술관에 전시회를 보러 온 것처럼 보이지 않는 사람이었다. 화장기 없는 얼굴에 파란 야구모자와 청바지, 그리고 흰 티셔츠를 대충 입고 있는 그녀의 모습은 전화기 너머 들리던 목소리만으로 상상했던 모습과는 조금 달랐다. 은하의 조금 높은 톤의 기상 캐스터 같은 목소리는 긴 생머리를 휘날리고 봄날에 어울리는 하늘하늘한 원피스를 입고 있는 여자를 떠올리게 했다. 큰별은 멍하니 머그잔을 바라보고 있는 은하의 무표정한 모습이 문득 귀엽다고 생각했다.

"안녕하세요, 임은하 씨?"

"아, 네, 안녕하세요. 저랑 통화하신 분인가요?"

자신을 먼저 알아보고 인사를 건네는 큰별을 보고 놀란 은하의 목소리가 미세하게 떨렸다. 경찰을 직접 만나는 것이 처음일 뿐만 아니라 누군가 현태의 이야기를 묻기 위해 온다는 것만으로도 은하는 전화 통화 이후 계속 떨렸던 터다. 이 떨림이 그저 아직 마취에서 덜 깼을 뿐이라고 은하는 스스로 계속 위로하고 있었다.

"전화드렸던 강남경찰서 이큰별 경위입니다."

큰별은 핸드폰으로 명함을 전송했고, 은하는 전송받은 명함을 받아 진위를 확인했다. 곧 핸드폰 화면에 큰별의 얼굴과 소속 직장의 정보가 나타났다. 요즘은 공무원이나 3인 이상 기업에 대해서는 신원도용과 그로 인한 피해를 막기 위해 명함에 본인임을 증명할 수 있는 특별한 코드를 넣어 공신력 있는 사이트에서 신원을 검증할 수 있게 되어 있었다.

"진짜 경찰……이시네요. 그런데 경찰이 저를 무슨 일로?"

"이틀 전 7시경, 대치동 [더 블랙] 사무실에서 윤현태 씨가 사망했습니다. 그래서 윤현태 씨에 관해 몇 가지 묻고 싶은 것이 있어서 찾아왔습니다."

"현태 씨가 죽었다고요?"

현태가 죽었다는 말에 은하는 가슴이 철렁 내려앉는다는 표현이 무엇을 말하는 것인지 깨달았다. 큰별의 전화를 받고, 무슨 일일지 계속 생각했다. 은하가 아는 현태라면, 무서울 정도의 치밀함으로 회사에서 횡령이라도 저지른 것일까? 아니면 주변 사람 숨 막히게 하는 완벽주의로 아랫사람들을 괴롭혔을까? 그것도 아니면 알고 보니 그가 사이코패스였던 것일까? 사이코패스라고 해도 이상할 것은 없는 성격이라고 생각했다. 짧은 시간 동안 은하는 별의별 생각을 다 해봤다. 하지만 그 중에 현태가 죽었을 것이라는 생각은 없었다.

은하의 동공이 흔들리고, 테이블 아래에 있는 손이 떨리는 것을 본 큰별은 은하에게 무심히 물 잔을 건넸다. 큰별은 은하가 물을 다 마신 후에야 다시 말을 시작했다.

"본인의 사무실에서 사망한 채 발견되었습니다. [더 블랙]과 국과수의 소견으로는 심장마비로 인한 사망입니다. 그런데 혹시 임은하 씨는 윤현태 씨와 관계가 어떻게 되시죠?"

"관계요? 무슨 사이인지도 모르면서 저를 찾아오신 건가요? 사인이 심장마비라면서요? 혹시 무슨 다른 일이 있는 건가요?"

첫 질문이 현태와의 관계를 묻는 것이라니. 은하는 의아했다. 무슨 관계인지도 모르는 사람에게 도대체 무엇을 물어보러 왔다는 것인지 이해가 되지 않았다. 그나마 앞에 있는 경찰의 태도가 그다지 고압적이지 않고 오히려 어리숙한 모습이 인간적이라고 느껴져서 조금이나마 긴장이 풀렸다.

"아, 죄송합니다. 제가 사망 사건과 관련해서 참고인 인터뷰는 처음이라 조금 두서가 없었네요. 원래 이런 인터뷰는 하지 않는데 확인해보고 싶은 일이 있어서요."

큰별은 은하에게 사건에 대해서 최대한 자세히 설명했다. 윤현태에 대해서 조금이라도 더 알 수 있는 단서가 그녀에게 있을 것 같았다.

윤현태는 이틀 전 심장마비로 사망한 채 [더 블랙]의 사무실에서 발견되었다. 통상적으로 사망 사건이 발생하면 경찰에서는 신원 확인을 하고 블랙박스 영상을 통해 사망 당시의 상황을 확인한다. 동시에 사망에 영향을 준 시점의 영상도 확인할 수 있다. 짧게는 일주일에서 길게는 3년도 더 지난 영상에서 사망과의 연관성이 확인되기도 했다. 하지만 윤현태는 [더 블랙] 내부에서 사망했기 때문에 경찰에서는 법적으로 블랙박스 영상을 확인할 수 없다. 국과수의 종합 보디 스캐닝 결과, 최종 사인은 심장마비로 결론이 났다.

큰별은 자기 말을 하나도 놓치지 않겠다는 듯 집중하고 있는 은하의 표정을 살피며 말을 이었다. 은하의 표정은 심각했다.

"여기까지는 아무런 문제가 없어요. 그런데 문제는 지난주에 심장마비로 사망한 사건이 하나 더 있었다는 거예요."

전혀 상관없는 별개의 사건일 수도 있지만, [더 블랙]은 이번 사건에서도 블랙박스 영상을 공개하지 않았다. 큰별은 두 사건이 관계가 있을 것으로 의심하고 있었다. 아직은 의심일 뿐이지만, 블랙박스 영상을 확인하지 못한 연이은 사망 사건. 그래서 큰별은 수사를 하기로 마음 먹고, 윤현태의 통신 기록을 확인했다. 지난 1년 동안 윤현태는 [더 블랙] 직원이나 업무 관계자들 말고는 통신을 한 기록이 전혀 없었다. 결국 조회 기간을 2년으로 늘려서 겨우 '임은하'라는 인물을 발견했다. 너무 오래전의 기록이긴 했지만, 큰별은 지푸라기라도 잡는 심정으로 임은하를 찾아온 것이다.

큰별의 말을 들은 은하는 큰별의 의심에 오히려 의구심이 갔다. 은하는 현태와 지난해 초에 헤어졌고, 그동안 연락 한 번 한 적이 없었다. 은하는 헤어진 후에 전 남자 친구의 SNS를 찾아본다든가 연락을 기다려본 적이 한 번도 없었다. 한번 아니라고 생각하는 일에 대해서는 후회하지 않도록 최대한 생각을 하지 않는 편이었다. 그래서 은하는 현태가 지금 어디에 살고, 어떤 회사에서 무슨 일을 하는지 전혀 모르고 있었다. 그리고 앞에 앉아 있는 경찰은 심장마비로 종결된 사건에 대해서 본인이 블랙박스 영상을 확인하지 못했다는 이유만으로 누군가가 현태의 죽음에 대해서 무언가를 감추고 있다고 생각하는 것 같았다.

"지나치게 단순한 접근인 것 같은데."

은하는 자기도 모르게 생각하던 말이 튀어나와 눈을 크게 떴다. 다행히 앞에 있는 경찰은 별로 신경 쓰지 않는 듯했다.

"물론 제 생각이 틀릴 수도 있겠죠. 그래서 본격적으로 수사를 해보려는 것이고요. 제가 경찰 생활을 3년째 하고 있는데, 사망 사건에서 시체의 블랙박스 영상을 확인하지 못한 케이스가 얼마나 될 것 같아요?"

"글쎄요…… 열 건? 스무 건?"

"딱 두 건이에요! 지난주에 한 건, 그리고 이번 주에 한 건! 이게 전부예요."

은하는 큰별의 표정에서 심각성을 느끼고 그의 말을 진지하게 받아들이기 시작했다.

"정말 3년 동안 두 건밖에 없었다는 말인가요? 좀 이상하긴 하네요. 그래서 경위님이 현태 씨에 대해서 알고 싶은 게 뭔가요? 2년간 사귀었으니 가까운 사이였던 건 맞지만, 헤어진 후 현태 씨와 만나기는커녕 전화 통화 한 번 한 적도 없어서 [더 블랙]에서 현태 씨가 어떤 일을 했는지조차 몰라요. 말했지만, [더 블랙]에 다니는 것도 지금 처음 알았는걸요."

은하는 큰별에게 협조하기로 마음을 먹었다. 큰별에게 현태에 대한 이야기를 듣고 있는 지금, 현태를 위해서 무엇이라도 해야 할 것만 같은 생각이 계속해서 들었다. 헤어진 후 지금까지 현태에 관한 생각을 해본 적은 한 번도 없었다. 그러면서 자신이 지난 일에 미련을 두지 않는 쿨한 성격이라서 그런 것이라고 생각했다. 하지만 작은 추억이라도 떠올린다면, 어렵게 정리한 마음이 흔들릴 수도 있을 것 같아 자기도 모르게 윤현태라는 이름을 외면해온 것은 아닐까 하는 생각이 들었다. 현태의 이야기를 하는 동안 머릿속에서는 현태와의 크고 작은 추억들이 주마등처럼 스쳐 지나갔다.

그러고는 마음속에서 현태를 완전히 보내주기 위해서라도 현태의 죽음에 대해서 정확하게 밝혀내야겠다고 다짐했다. 그것이 현태뿐만 아니라 자신을 위로하는 방법이라는 생각이 들었다.

"우선 윤현태 씨가 건강했다고 하셨는데 지난주 건강검진 기록에서는 심장질환 가족력이 있었고, 최근에 증상이 심해져서 약을 먹고 있었다고 했어요. 이건 직장동료들의 증언에서도 확인한 사실인데 혹시 심장질환 이야기를 들은 적은 있었나요?"

은하가 기억하기로 현태는 아주 건강한 사람이었다. 운동을 좋아했고 꾸준히 했으며, 식단 관리도 철저했다. 조금이라도 몸에 좋지 않은 것에는 손도 대지 않았다. 은하가 담배를 피울 때마다 어찌나 잔소리를 해댔는지 은하는 큰 스트레스를 받았다. 아무리 건강에 나쁘다고는 해도 자기가 좋아하는 것을 전혀 이해해주지 못하는 현태가 가끔은 야속하기도 했다. 그리고 현태는 부모님에 대해서 이야기한 적이 없었다. 그저 보육원 출신이라고만 알고 있었다. 은하는 보육원 출신이라는 것은 전혀 문제될 것이 없다고 생각했고, 남자 친구가 굳이 말하고 싶어 하지 않는 과거에 대해서는 캐묻지 않았다.

은하는 현태에 대해서 기억나는 모든 것을 말해줄 준비가 되어 있는 듯했다. 큰별은 은하의 말을 빠짐없이 수첩에 받아 적었다. 핸드폰으로 녹음과 타이핑이 가능하긴 하지만, 이번 사건은 왠지 예전 방식으로 조사해보고 싶었기 때문이다. 그 모습이 낯설었는지 은하는 물었다.

"그런데 경위님은 수첩에 필기를 하시네요? 요즘은 작가들도 수기로 쓰지는 않는데, 신기하네요. 저도 수첩에 무언가 적는 걸 좋아하거든요."

큰별은 살짝 웃어 보이며 질문을 이어갔다.

"보육원 출신이었군요. 그 부분은 미처 확인을 못 했네요. 그렇다면 더 이상하네요. 윤현태 씨에 대해서 조금 더 조사를 해봐야 할 것 같은데, 혹시 윤현태 씨 주변에 윤현태 씨에 대해서 말해줄 만한 사람이 더 있을까요? 같이 아는 친구라든지…… 윤현태 씨에 대해서 잘 알 만한 그런 사람?"

은하는 커피를 마시며 기억을 떠올리려 노력했다. 하지만 기억나는 사람이 없었다. 현태는 가까워지기 어려운 사람이었다. 항상 사람을 사무적으로 대해서 그걸로 많이 다투기도 했다. 은하는 기억을 더듬어보다 현태의 친구를 소개받은 적이 한 번도 없다는 것을 깨달았다. 하지만 마음은 따뜻한 사람이었다. 그저 사람에게 어떻게 다가가야 하는지를 모르는 사람이었을 뿐. 현태는 고아로 자라

성공에 대한 의욕과 집착이 강했고 다른 생각을 할 여유가 없었다. 은하는 가끔 자신이 왜 현태 같은 사람에게 빠져들었을까 생각했었다. 그때 내린 결론은 둘은 현태에게 어느 정도의 여유가 생겼을 때 만났고, 은하는 오직 자기에게만 따뜻함을 느끼게 해주는 현태에게 빠져들었다는 것이었다.

"현태 씨에게는 친구라고 할 만한 사람이 없었을 거예요. 혹시 기억나는 게 있으면 바로 연락드릴게요."

은하는 식은 커피를 홀짝거렸다. 가끔 어색한 침묵이 흐르기도 했지만, 이후로도 인터뷰는 30분가량 이어졌다.

큰별은 조사하면 할수록 자신의 의심이 확신으로 변해가는 것을 느꼈다. 지금껏 팩트라고 믿어온 것들이 진실이 아닐 수도 있다는 생각이 들었다. 은하는 현태에 대해 처음 보는 남자와 아무렇지 않게 이야기를 나눌 수 있는 자신이 신기했다. 그보다 현태의 죽음 앞에서 이렇게 태연할 수 있는 자신이 놀라웠다.

* * *

큰별과 헤어진 은하는 택시를 타고 고운의 회사로 향했다. 가는 길에 큰별에게 들은 이야기들을 잊어버리기 전에 수첩에 꼼꼼히 적었다. 마치 현태에게 들려주기 위해 정리하는 것처럼.

큰별도 수첩에 적어둔 은하의 이야기를 하나하나 복기하기 시작했다. 정병욱 팀장이 담당했던 세 건의 사건. 그리고 자신이 담당한 두 건의 사건. 큰별은 새로운 사실을 확인할수록 자신이 그간 느껴본 적 없었던 희열을 느끼고 있다는 사실을 깨달았다. 수첩을 훑어보는 큰별의 심장이 평소보다 빠르게 뛰었다.

* * *

2040. 6. 25. 월요일. IBS Headline NEWS

오늘의 헤드라인입니다.

요즘 '콜드케이스'라는 말 많이 들으실 텐데요. 콜드케이스는 살인이나 실종 같은 형사사건에서 증거 불충분 등의 이유로 수사가 잠정 중단된 사건을 이르는 말입니다.

2010년 2.1% 수준이던 장기미제율은 2020년 4.5%, 2030년 7.1%, 지난해 8.8%로 매해 급증하고 있습니다. 형사나 검사의 수가 줄어든 이유도 있겠지만, 나날이 고도화되는 범죄가 문제죠. 요즘은 CCTV나 차량용 블랙박스 영상도 전문가조차 구분하지 못할 정도로 정교하게 조작되기 때문에 증거로서의 가치가 점점 줄어들고 있다고 하니 문제가 심각합니다.

최근 [더 블랙]에서 진행한 '휴먼 블랙박스 프로젝트' 임상실험 참가자 모집에 대한 관심이 엄청나다는 소식, 전해드렸었는데요. 이러다가 정말 저희 모두 머리에 블랙박스를 달고 살아가는 날이 오지 않을까 생각하게 됩니다.

큰별 이야기

큰별의 부모님은 독일에서 유학 중 서로를 만났다. 큰별이 태어난 후 잠시 한국에 들어왔지만, 일자리 탓에 곧바로 독일로 돌아가야 했다. 그길로 큰별은 외갓집에 맡겨져 할머니, 할아버지 손에서 자랐다.

14년 전 독일 생활을 완전히 정리하고 한국으로 귀국하던 큰별의 부모님이 모두 비행기 사고로 돌아가시면서 할머니와 할아버지는 큰별의 유일한 가족이 되었다. 큰별이 블랙박스 영상을 처음 보았던 것도 그때였다. 부모님의 마지막을 지켜보는 것이 어린 큰별에게는 큰 충격일 것이라며 만류하는 경찰의 반대에도 불구하고,

할아버지는 사내아이라면 힘든 순간을 회피하기만 해서는 안 된다며 경찰을 설득해 영상을 보게 했다.

처음 본 블랙박스 영상은 너무도 신기했다. 마치 부모님의 뇌가 자신에게 공유되고 있는 기분이었다. EP를 통해서 본 아버지의 마지막 시선은 어머니에게 멈춰 있었고 어머니는 큰별이 선물한 목걸이를 꼭 쥐고 있었다. 마지막 순간에 세 식구가 함께하고 있었다는 것을 느낄 수 있어서 큰별은 슬픔을 참을 수 있었다.

할아버지는 강력계 형사였다. 큰별의 기억 속 할아버지는 자상했지만 늘 바빴다. 함께 시간을 보내다가도 전화를 받고는 급히 달려 나가기 일쑤였고, 며칠 동안 집에 들어오지 않는 날도 많았다. 가끔은 여기저기에 상처를 입고 들어오시기도 했는데, 그럴 때마다 할아버지는 범인을 잡은 본인의 무용담을 자랑스럽게 펼쳐 놓으셨다.

시간이 날 때면 할아버지는 형사가 주인공으로 나오는 영화나 드라마를 챙겨 보셨는데, 그럴 때마다 큰별은 할아버지와 함께했다. 큰별은 할아버지와 함께하는 시간이 좋았다. 할아버지는 영화를 다 본 뒤, 영화보다 더 영화 같은 진짜 경찰의 이야기들을 들려주셨고, 큰별은 그 이야기를 듣는 시간이 더 기다려졌다. 할아버지는 은퇴 이후에도 본인이 경찰이었음을 자랑스러워하셨지만, 은퇴 직전에는 변해가는 세상에 대해서 불만을 많이 늘어놓기도 하셨다. '요즘 경찰은 경찰도 아니다'라는 한숨 섞인 비난이었다.

자연스럽게 큰별은 경찰이라는 꿈을 꾸게 되었고, 경찰이, 그리고 형사가 되었다. 경찰이 되면 할아버지가 자랑스러워했던 그런 경찰이 되겠다고 다짐했다. 하지만 큰별이 할아버지의 한숨을 이해하게 되기까지는 그리 오랜 시간이 걸리지 않았다. 막상 시작한 경찰 생활은 할아버지에게 듣던, 그리고 영화나 드라마 속의 그것과는 너무도 달랐다. 발로 뛰는 일은 거의 없었고, 모든 일은 자리에 앉아서 전산망을 이용하면 확인할 수 있었다. 블랙박스가 도입된 이후로는 강력팀에서 맡는 살인 사건과 같은 굵직한 일들도 앉은 자리에서 클릭 몇 번으로 처리할 수 있는 것이 현실이었다.

　어렸을 적, 할아버지 방에는 옛날 물건들이 참 많았다. 특히나 빼곡하게 적힌 수첩들이 몇 상자는 있었는데, 그 안에는 사람 이름과 전화번호, 주소 등이 특히나 많았다. 한번은 수첩을 보고 있는 큰별에게 할아버지는 이런 말을 했다.

　"내가 어릴 적에는 핸드폰이 없었는데, 그때는 사람들이 이렇게 수첩에 전화번호를 적어서 들고 다녔어. 그리고 아마도 200개 이상의 전화번호는 외우고 다녔을 거야. 그러지 않으면 전화를 걸 수가 없었거든. 그런데 핸드폰이란 게 생기면서 사람들은 더 이상 전화번호를 외울 필요가 없게 되었어. 그래서 아마 요즘 사람들은 외우고 있는 전화번호가 거의 없을 거야. 필요가 없어지면 그 능력이 자연스레 사라지는 거지. 큰별이 너는 그러면 안 된다. 사용하지 않으면 그 능력은 점차 없어져 버릴 거야."

당시에는 할아버지가 하는 말의 의미를 이해할 수 없었지만, 큰별은 할아버지와 자주 숫자 외우기 놀이를 했고 습관처럼 종이에 메모를 하게 되었다. 그래서 큰별은 지금도 많은 전화번호를 외우고 있었고 남들이 쓰지 않는 수첩을 계속 쓰고 있었다.

할아버지에게 들었던 이야기들은 사회생활, 특히 경찰 생활을 시작하면서 더 생각나곤 했다. 블랙박스가 없을 때, 범인을 찾기 위해 70시간 이상 CCTV와 자동차 블랙박스 영상을 살펴본 적이 있다는 무용담을 큰별은 이제야 몸소 깨닫는 중이다. 오랫동안 할 필요가 없었던 일들. 그래서 어떻게 해야 할지조차 감을 잡을 수 없는 일들……. 만약 블랙박스 영상을 확인할 수만 있었다면 사망 당시의 상황뿐만 아니라 사망 전 발생한 시체의 시청각 정보 중 사망에 영향을 미친 영상들을 단 몇 분 만에 생생하게 확인할 수 있었을 것이다.

할아버지는 큰별의 경찰 임관식 전날, 78세의 젊은 나이로 돌아가셨다. 살인죄로 검거되어 30년 형을 살고 만기 출소한 50대의 남자가 경찰 후배들과 저녁 식사를 하고 돌아오는 길이던 할아버지를 집 앞에서 살해했다. 남자의 살해 방법은 30년 전 그것과 같았다. 오래전, 할아버지가 그 남자를 붙잡았을 때는 6개월의 기간이 소요되었다고 했다. 하지만 이번에 그가 체포되는 데에는 6시간이 채 걸리지 않았다.

블랙박스 영상을 두 번째로 확인한 그날 밤은 큰별의 머릿속에 아직도 선명하게 남아 있다. 할아버지는 여러 차례 칼에 찔린 후에도 끝까지 남자의 바지를 잡고 있었다. 숨이 끊어지기 전에는 마지막 힘을 다해 할아버지는 아스팔트 바닥에 본인의 피로 그 남자의 이름을 썼다. 할아버지는 마지막 모습까지 경찰이었다. 끝까지 블랙박스를 믿지 않았던 경찰, 그것이 큰별이 생각하는 진짜 경찰의 모습이었다.

* * *

할아버지의 죽음과 함께 시작된 경찰 생활이 큰별에게는 즐겁지 않았다. 즐겁지는 않더라도 할아버지에게 당당한 경찰이 되고 싶었다. 그래서 작은 사건이라도 어떻게든 최선을 다했다. 큰별은 할아버지처럼 발로 뛰는 형사가 되고 싶었다. 아니, 그렇게 해야 하는 줄 알았다.

사건 현장에 제일 먼저 도착해서 아주 작은 것 하나까지 빠짐없이 살피고 기록했다. 조금이라도 의심스러운 게 있으면 과거의 사건 기록부터 CCTV, 자동차 블랙박스 영상까지 모조리 밤을 새워서라도 살펴봤다. 시키지 않은 잠복근무를 하기도 했다. 그리고 의심이 조금이라도 확신으로 바뀌는 날에는 검찰청을 찾아가 영장을 청구해달라고 떼썼다. 담당 검사였던 서지현 검사는 그런 큰별을 달래서 돌려보내기 바빴다.

어느 순간부터 사람들은 큰별을 '별난 경찰'이라고 부르고 있었다.

* * *

"'별난 경찰'님 맞죠?"

동그란 안경에 정리 안 된 흰색 수염이 덥수룩한 키 작고 통통한 남자가 큰별의 어깨를 툭 쳤다.

"네? 안녕하세요?"

큰별은 남자에게로 시선을 돌렸다.

"안녕하세요. '꿈꾸는 법의관'이에요. 여기 회장!"

남자가 어깨를 으쓱하며 자기소개를 했다.

'꿈꾸는 법의관.' 그는 경찰이 된 다음 해부터 큰별이 활동하기 시작한 영화 동호회 '영화와 현실 사이'의 회장이다. 동경하던 경찰이라는 직업에 회의를 느끼곤 더욱 2000년대 영화에 빠져들었던 시기였다. 영화를 보고 현실로 돌아오면 회의감이 더 커졌지만, 영화에서 느끼는 카타르시스가 좋았다. 그러던 중 자신과 비슷한 사람들이 모여 있는 인터넷 동호회를 알게 되었고, 그곳에서 '꿈꾸는 법의관'이라는 필명으로 활동하는 사람의 글에서 동질감을 느꼈었다.

그는 자신이 국과수 법의관이라고 했다. 그는 큰별처럼 '시체가 몸으로 남긴 마지막 말'을 듣고 사건을 해결하는 영화 속 부검의를 꿈꾸며 국과수 법의관이 되었다고 했다. 큰별의 눈에는 '꿈꾸는 법의관'도 현실보다 영화 속에서 살고 싶어 하는 사람 같았다.

"잘 왔어요, '별난 경찰'님. 오늘 처음 온 사람이 '별난 경찰'님 밖에 없어서 바로 알아봤어요. 하지만 그게 아니더라도 한눈에 알아보겠는데요? '별난 경찰'같이 생겼어요."

남자는 몸매와 어울리지 않는 가벼운 목소리로 웃었다.

그의 이름은 신우택이었다. 당연히 의대를 나왔고, 주변의 거의 모든 사람의 반대에도 불구하고 국과수에 들어갔다. 그도 큰별과 같은 시기를 겪었다. 영화와는 다른 현실. 국과수 법의관 생활은 지루했다. 동경하던 부검은 할 기회가 많지 않았다. '종합 보디 스캐너'라는 장비를 이용하면 사람의 몸을 실제로 부검하지 않더라도 실제 부검과 99%에 가까운 결과를 확인할 수 있었고 해석도 필요 없었다. 하지만 그는 현실적인 사람이었고 사람들의 마지막 길을 다룬다는 것에 대한 자부심이 있었다. 그래서 사람이 죽으면서 남긴 마지막 이야기를 최대한 정확하게 들어주는 것이 자기 일의 본

질이며, 방법은 중요하지 않다고 생각하기로 했다.

첫 만남부터 신우택은 큰별과 코드가 잘 맞았다. 영화에 대한 생각, 현실에 대한 생각이 비슷했다. 둘은 그날 처음 본 사이라는 것이 믿기지 않을 만큼 밤새 많은 이야기를 나눴다.

"그런데, 큰별아, 닉네임이 왜 '별난 경찰'이야? 설마 이름 때문은 아니지?"

큰별은 웃으며 대답했다.

"실망스럽겠지만, 그렇기도 하고, 내가 좀 모자랐나 봐요. 처음 사건을 맡았는데, 할아버지한테 들은 대로 해야 할 것 같았어요. 잠복근무하고, 족적 찾고, 지문 찾고, CCTV 보고. 선배들이 그러더라고요. 이상한 놈 들어 왔다고. 그 이후로도 그런 일들이 제법 있었어요. 선배들이 놀리더라고요. 과거에서 왔느냐고. 어느 순간부터 다들 저를 '별난 경찰'이라고 부르고 있었어요."

신우택은 자꾸만 흘러내리는 안경을 치켜 올리며 큰별의 말에 맞장구를 쳤다.

"하하하, 우리 같은 사람들이 그래. 너무 영화에 빠져 살아서 현실을 잘 몰라. 나도 처음에 고문관 소리 많이 들었어."

큰별은 신우택의 이야기에 빠져들었다. 그는 부검을 할 때면, 보디 스캐닝 결과와 다른 점을 찾아내기 위해 몇 시간씩 고생하다 결국엔 동일한 결과에 허무감을 느낀 이야기를 늘어놓았다. 자신과 같은 고민을 하고 직업적으로 회의감을 느낀 사람이 있다는 것이 큰 위로가 되었다. 하지만 신우택은 자신과 같은 고민을 했지만, 그 고민을 바탕으로 성장하고 있는 사람이라는 생각이 들었다.

"경찰이나 국과수나 모두 진실을 찾는 사람들이야. 진실을 찾는 방법은 너무도 많겠지. 우리가 좋아하는 고전 영화에서는 발로 뛰어야 했지만, 지금 우리가 사는 세상은 그럴 필요가 없을 뿐이야. 진실을 찾기 위해서 가능한 모든 것들을 최대한 활용한다고 생각해. 그게 발로 뛰는 것이든 컴퓨터 앞에서 클릭을 하는 것이든 그건 중요하지 않아. 눈앞에 증거가 있어도 제대로 해석하지 못하는 순간 진실은 묻히고 마는 거야."

신우택은 큰별에게 선배로서 현실을 받아들이고 새로운 방식을 계속 고민해야 한다고 말해주었고, 큰별은 그의 말을 가슴에 새겼다. 그와의 만남 이후 큰별은 점차 '별난 경찰'이라고 불리지 않게 되었다.

* * *

평소 큰별은 경찰이 된 자신의 모습이 할아버지에게는 늘 부끄럽게만 느껴졌다. 할아버지가 경찰 생활을 하는 자신을 보지 못하고 돌아가신 것이 다행이라고 생각되기도 했다. 할아버지가 비난했던 '경찰도 아닌 요즘 것들'이 바로 자신 같았기 때문이다.

오늘은 이상하게도 할아버지가 특히 많이 보고 싶었다. 오늘이라면 큰별은 할아버지에게 당당하게 자신이 경찰이 되어가고 있다고 말할 수 있을 것 같았다.

'이 사건은 할아버지 시대의 방식으로 접근해야 하는 것 같다.'

은하를 만나고 경찰서로 돌아가는 길에 자율주행으로 움직이는 차 안에서 인터뷰 내용을 다시 살펴본 큰별이 수첩을 덮으며 다짐했다.

공조 1

"은 작가! 이게 무슨 일이야? 평일 이 시간에 몸소 이런 곳까지 나오고?"

회사 로비에 있는 카페에 앉아 있는 은하를 발견한 고운은 반갑게 뛰어와서 은하를 껴안았다. 하지만 평소와는 다른 은하의 넋 나간 표정에 고운은 무슨 일이 있었음을 직감했다.

"왜? 건강검진 결과에 무슨 문제라도 있어? 어제 술 마셔서 그런 거 아니야? 빨리 말해봐!"

"고운아……. 현태 씨가 죽었대."

어렵게 꺼낸 은하의 말에 고운은 깜짝 놀라 자세를 고쳐 은하를 마주 보고 앉았다.

"그게 무슨 말이야? 갑자기 현태 씨가 왜 죽어? 자세히 좀 말해 봐!"

"방금 경찰이 찾아와서 말해줬어. 그저께 심장마비로 죽었다고. 그런데 현태 씨 머리에 블랙박스가 없는 것 같대."

"그건 또 무슨 소리야? 블랙박스가 없다고? 현태 씨한테? 그게 가능해? [더 블랙] 직원들은 막 블랙박스를 떼었다 붙였다 마음대 로 할 수 있는 거야? 응? 그런데 경찰은 너를 왜 찾아와? 좀 더 자세 히 말해봐."

재촉하는 고운을 바라보는 은하의 표정이 변했다. 고운이 이미 현태가 [더 블랙]에 다니고 있는 것을 알고 있는 것에 놀랐고, 어제 현태 이야기를 하면서도 그 이야기를 본인에게 하지 않았다는 것에 한 번 더 놀랐다.

고운은 방송국에서 친하게 지내는 [더 블랙] 출입 기자인 후배에 게 현태의 이야기를 가끔씩 전해 들었다. [더 블랙]의 인사 관련 소 식도 다른 대기업이나 국가 기관의 인사이동처럼 방송국의 온라인 을 통해 속보로 전해지곤 했기 때문에 어린 나이에 [더 블랙]의 전 략기획실 실장으로 발탁된 현태의 소식을 듣는 것이 이상한 일은 아니었다. 하지만 현태와 헤어지고 나서 힘들어하는 친구의 모습을 옆에서 지켜본 고운은 그 이야기를 할 수 없었고, 굳이 말해야 할 필요도 느끼지 못했다.

　은하는 걱정과 궁금함으로 가득 찬 고운의 눈을 바라보며, 조금 전 경찰을 만나고 온 이야기를 털어놓았다. 이야기하는 동안 은하의 심장이 너무 빨리 뛰고 있어서 그런지 말하는 동안 입안이 계속 바짝 말랐다. 은하는 찬물을 세 잔이나 마셨다. 들은 이야기를 그대로 전하다 보니 머릿속에서 사건이 다시 정리되는 것 같았다. 은하는 자신의 감정이 슬픔인지 호기심인지 헷갈리고 있었다. 심장은 여전히 빨리 뛰고 있었지만, 조금씩 정상으로 돌아오는 것이 느껴졌다. 은하의 이야기를 듣는 고운의 표정은 중요한 사건의 제보자를 만나 이야기를 듣는 것처럼 진지했다.

　"그런데 고운아, 나 현태 씨가 죽었다는 게 슬프고 가슴이 아프기는 한데, 진 이모가 돌아가셨을 때보다도 괜찮은 것 같아. 그런데 말이야, 현태 씨 죽음에 정말로 무언가 있다는 생각이 들어. 그걸 확인해야 할 것 같아. 내가 이상한 걸까?"

　은하는 헷갈리는 자신의 감정을 어렵게 고운에게 털어놓았다.

　"그럴 수 있지. 그동안 더 이상 아플 수 없을 만큼 아팠고 정말 어렵게 겨우 잊었잖아."

　고운은 계속 떨리고 있는 은하의 손을 잡고 다독이며 말을 이었다.

　"그런데 현태 씨 죽음에 관해서 확인한다고 달라질 게 뭐가 있어?"

　고운은 늘 은하의 말에 공감을 해주는 좋은 친구다. 그래서 은하는 어려운 일이 있을 때면 더더욱 고운을 찾게 된다. 오래전 헤어진 남자 친구의 죽음 앞에서 슬픈 감정보다 앞서 그의 죽음에 관해서 확인해야 한다고 생각하는 자신의 냉정함에 자책하던 은하에게 '그럴 수 있지'라는 한마디는 다른 어떤 말보다도 가장 필요한 위로였다.

"사실 다 잊었다고 생각했었어. 그런데 아닌 것 같아. 내 마음속에는 아직도 현태 씨가 많이 남아 있었나 봐. 그동안 억지로 밀어냈었는데 이런 식으로 다시 윤현태라는 사람이 내 인생에 들어오니까 마지막으로 그를 위해서 무엇인가 해주고 싶어. 그리고 확실하게 보내주고 싶어. 내 마음속에서……. 완벽주의자였던 그 사람이 자기 죽음에 대해서 의문이 남겨진다는 것을 견딜 수 있을까? 그 사람에게는 가족도 없으니, 나마저 외면한다면 그 사람은 아마 하늘에서도 답답해서 미칠지도 몰라."

은하는 솔직한 마음을 고운에게 털어놓았다. 고운은 은하의 이야기를 들으며 '역시 은하답다'는 생각을 했다. 은하는 현태를 완벽주의자라고 표현했지만, 고운이 볼 때는 은하도 만만치 않은 완벽주의자였다. 어떤 일이 이해되지 않을 때면, 이해가 될 때까지 몇 날 며칠이라도 파고드는 것이 은하의 스타일이었다. 그리고 PD로서도 이번 사건은 어딘가 의심스러웠다. 이번 주 방송에서도 블랙박스가 관련되어 있었다. 그리고 또 블랙박스와 관련된 사건이 자신에게 다가왔다. 고운은 묘한 기시감을 느꼈다. 단순한 우연이 아닌 걸까?

"너한테 말하지 않은 게 하나 더 있어. 확실하지는 않지만 현태 씨한테 여자 친구가 있었던 것 같아. 후배 말로는 사내 커플인 것 같다고 하던데, 회사에서는 비밀로 하고 있었나 봐. 후배가 데이트하는 걸 몇 번 봤다고 하더라고. 경찰에서는 그런 이야기 없었어?"

고운은 은하의 눈치를 살피며 조심스럽게 물었다. 은하의 눈이 동그래졌다.

"여자 친구가 있었다고? 하긴, 그럴 수 있지. 우리가 헤어진 지가 벌써 언제니. 네가 좀 자세히 알아봐줄 수 있겠어? 경찰은 여자 친구의 존재를 모르는 것 같았어. 만약 현태 씨 죽음에 정말 무엇인가 있는 거라면 여자 친구도 [더 블랙] 소속이니까 경찰에게 아무런 이야기도 하지 못했을 것 같아."

전 남자 친구의 새로운 연인 이야기는 평소라면 은하를 당황하게 하기에 충분한 소식이었지만, 은하는 아무렇지 않게 대답했다. 현태에 대해 알려줄 수 있는 사람이 있다는 것이 더 중요했다.

"그래. 내가 한번 알아볼게. 너 나랑 같이 공식적으로 이 사건 조사하자. 전에 이야기했잖아? 우리 팀에 지금 너처럼 능력 있는 작가가 너무너무 필요해."

고운은 분위기를 바꾸기 위해 혀 짧은 소리를 내며 은하의 한쪽 팔을 잡고 흔들었다. 고운은 전부터 은하에게 프로그램 작가로 자신과 함께 일하자고 제안했었다. 은하가 교지 편집부에서 일할 적에 학생회 및 재단 문제를 집요하게 파헤치던 모습이나, 영화 PD로 지내면서 시나리오에 나오는 모든 장소에 대해 밤을 새워 조사하던 모습을 모두 봐왔기 때문이다. 고운은 늘 자신보다 은하가 시사 고발 프로그램에 더 어울리는 사람이라고 여겼다.

고운은 소설을 쓰려는 은하를 위해 회사에 일주일에 최대 3일 정도만 같이 일할 수 있는 프리랜서 작가 채용에 대한 허락도 받아놨었다. 하지만 은하가 고사했다. 또다시 직장 생활에 안주하게 되는 것이 두려웠기 때문이다. 하지만 지금 같은 상황에서는 고운과 함께 방송국 명함을 가지고 일하는 편이 더욱 낫겠다는 생각이 들었다. 은하가 생각에 잠겨 있는 사이 고운이 마지막으로 달콤한 제안을 던졌다.

"같이 이번 사건 조사하면서, 너는 이걸 가지고 소설도 쓰는 거야. 네가 말한 클리셰 하지 않은 소설!"

그 말을 들은 은하의 눈이 빛났다.

* * *

은하에게는 너무 긴 하루였다. 술이 덜 깬 채 건강검진을 받았고, 마취가 덜 깬 채 전 남자 친구의 죽음에 대해 들었다. 그리고 그가 죽었다는 충격에서 벗어나기도 전에 그의 새로운 연인에 대해 알게 되었다. 계약직이기는 하지만 다시 직장인 신분이 되었다. 복잡했다. 은하는 몽롱한 상태로 집에 돌아왔다. 씻지도 않고 그대로 잠들어버렸다.

아침부터 울리는 고운의 전화가 은하를 깨웠다. 도대체 몇 시간을 잔 건지 머리가 깨질 것 같았다. 어제 일이 그저 꿈같이 느껴졌다. 아니, 꿈이기를 바랐다고 하는 편이 더 정확할 것이다. 은하는 억지로 눈을 반쯤 뜨고 전화를 받았다.

"[더 블랙] 출입 기자 후배한테 현태 씨 여자 친구 정보를 받았어. 양민아, 전략기획실 대리래. 현태 씨 사건 이후 병가를 내고 제주도 본가에 내려가 있다고 하는데, 주소도 받았으니까 연락처랑 주소랑 다 보내줄게."

잔뜩 흥분한 듯 톤이 높은 목소리를 들으니, 어제 일이 꿈이 아님을 바로 깨달을 수 있었다. 정신을 차린 은하는 침대에 누워 고운이 하는 말을 가만히 듣고만 있었다.

고운은 능력 있는 메인 PD답게 이미 회사로부터 은하의 채용 결재를 받았고, 명함까지 신청해두었다고 했다. 출근은 2주 후부터 일주일에 3일만 하기로 했다고 자랑스럽게 말하는 고운의 목소리는 들떠 있었다.

"네 이력서는 내가 갖고 있던 걸로 제출했고, 계좌번호도 내가 알고 있는 걸로 등록했어. 넌 다음 주까지 경력증명서만 한 부 보내주면 돼! 이제부터 내 말 잘 듣고!"

은하는 자기가 쉬는 동안 고운은 멋있는 프로가 되었다고 생각했다.

* * *

'양민아 연락처: [더 블랙] 전략기획실 대리, 제주시 구좌읍 한동리.'

고운에게서 양민아의 주소와 연락처를 받은 은하는 컴퓨터를 켜고 전 직장 경영지원팀에 경력증명서를 요청하는 메일을 보냈다. 이어서 바로 비행기 표를 예약하려다 노트북을 덮었다. 아무래도 혼자가는 것보다는 경찰과 함께 가는 것이 여러모로 나을 것 같다는 생각이 들었다. 비록 이제는 어엿한 방송작가 명함이 생겼지만, 경찰 명함이 더 도움이 될 것이 뻔했다. 은하는 바로 큰별에게 전화를 걸었다. 통화 연결음이 한 번 끝나기도 전에 큰별이 전화를 받았다.

"임은하 씨!"

수화기 너머 들려오는 큰별의 목소리에서는 왠지 모를 기대감이 느껴졌다.

"경위님, 제가 현태 씨 여자 친구에 대해 알아냈어요. 혹시 알고 계셨나요? 같은 전략기획실 사내 커플이라네요. 어쩌면 이미 만나

보셨을 수도 있긴 한데, 양민아 대리라고⋯⋯."

　양민아 대리. 그녀는 사고 다음 날 가장 먼저 인터뷰한 직원이었다. 다른 직원들과 달리 인터뷰 도중 갑자기 눈물을 흘리던 그녀의 얼굴이 떠올랐다. 큰별은 그저 친한 사이라서 그렇다는 그녀의 말을 당시 아무 의심 없이 받아들이고 넘긴 스스로가 한심했다. 이것 말고도 놓친 것들이 있으리라. 뇌를 쓰지 않으면 능력이 없어진다는 할아버지의 말이 떠올랐다. 부끄러웠다. 한편으로는 인간이 이렇듯 진실하지 못한 동물이라 블랙박스 같은 게 나온 걸까, 하는 생각이 들기도 했다.

　"알려줘서 고마워요. 그럼 저는 양민아 대리를 다시 만나봐야겠네요."

　"저기, 경위님, 양민아 씨는 지금 병가 중이래요. 제주도 본가에 가 있다고 들었어요."

　큰별은 습관적으로 은하의 말을 수첩에 적으면서 듣고 있었다. '여자 친구', '병가', '제주도'⋯⋯.

　"경위님, 부탁이 있어요. 양민아 씨 만나는 거, 저도 함께 가도 될까요? 현태 씨에게 무슨 일이 있었는지 알아야겠어요."

　생각지도 못한 은하의 제안에 큰별은 깜짝 놀라 펜을 내려놓고 말했다.

　"임은하 씨도 같이요? 안 돼요. 위험할 수도 있고, 그렇게 쉽게 생각할 일이 아니에요."

"경위님도 이런 일에 경험이 많아 보이지는 않던데. 저 PD 출신이라 이것저것 조사하고 발로 뛰는 건 웬만한 경찰보다 나을 거예요. 절대로 방해는 되지 않을게요. 차라리 도움이 되면 도움이 됐지!"

자신감 넘치는 은하의 목소리에 큰별은 자기도 모르게 입꼬리가 올라갔다. 하지만 은하에게 자신이 경험 없는 신참내기 같아 보였다고 생각하니 또다시 부끄러움이 몰려왔다.

"경험이 없다니요? 저 강력팀에서만 3년 차예요. 그럽시다! 그럼, 같이 가요! 저는 양민아 씨랑 통화를 먼저 해보고, 조사할 것도 조금 있으니까 다음 주 월요일에 가는 걸로 해요."

큰별은 애써 센 척하며 은하의 제안을 받아들였다.

"네, 그런데 이런 경우에는 미리 연락하면 오히려 피하려고 하지 않을까요? 정말 제주도로 간 것이 맞는지 비행 기록? 뭐 이런 것만 확인해보고 바로 찾아가서 직접 만나보는 게 좋을 것 같은데요."

하나하나 맞는 말만 늘어놓는 은하의 말에 큰별은 대꾸할 만한 마땅한 말이 생각나지 않았다. 자존심이 조금 상했다.

"경찰은 저예요! 제가 알아서 할게요!"

큰별은 서둘러 전화를 끊고는 자신의 머리를 쥐어박았다. 알아서 하겠다고 큰소리는 쳤지만, 지난 2년 동안 이런 식의 조사는 해본 적이 없었다. 큰별이 느끼기에 은하가 자신보다 더 경찰 같았다.

* * *

제주도로 가기로 약속한 뒤, 주말은 순식간에 지나갔다. 큰별은 양민아에게 연락하지 않았다. 미리 연락하면 양민아가 조사를 피할 수도 있다는 은하의 말이 일리 있었다. 대신 주말 동안 윤현태의 통신 기록을 좀 더 자세히 살펴보았다. 양민아와 윤현태는 6개월 정도 연애를 했으며, 둘 사이에 특별히 문제는 없어 보였다. 업무와 관련된 대화가 대부분이긴 했지만, 평범한 연인 사이에 나눌 법한 대화도 꽤 있었다. 또한 윤현태가 사망한 다음 날, 그러니까 직원 대상 경찰조사가 있던 바로 그날 저녁에 양민아가 제주도로 입도한 기록까지 확인했다.

큰별은 제주행 비행기 표를 두 장 예약했고, 팀장에게는 휴가계를 올렸다. 그냥 그래야 할 것 같았다. 큰별은 자신이 벌이고 있는 일이 어딘가 '진짜 경찰'같이 느껴져 묘하게 설렜다.

은하도 바쁜 이틀을 보냈다. [더 블랙]과 블랙박스 사업에 대해 조사했고, 고운이 힘써준 덕에 명함도 미리 받았다. 'IBS. [알리는 사람들] 방송작가. 임은하.'

현태와 연애 시절에 썼던 일기와 문자 메시지, 둘이 함께 만든 SNS 등을 헤어진 후 처음으로 찾아보기도 했다. 예전에는 현태의 이름만 떠올려도 가슴 한구석이 아렸는데 이제는 이상하리만치 아무렇지 않았다. 새삼 자신이 윤현태라는 사람에 대해서 아는 것이 없고, 제대로 알려고 하지도 않았다는 사실이 체감됐다. 현태에게 미안했다. 은하는 현태의 마지막을 반드시 알아내겠다고 다짐했다.

* * *

공항에 먼저 도착한 것은 은하였다. 오랜만에 공항에 오니 기분이 좋았다. 공항을 가득 메운 관광객들 사이에 끼어 있다 보니 마치 여행을 가는 것 같은 기분까지 들었다. 은하는 체크인을 하고 흡연실을 찾아 들어갔다. 너무 많은 사람이 한꺼번에 뿜어대는 담배 연기 때문인지 기침이 나왔다. 은하는 담배 한 대를 다 피우기도 전에 흡연실에서 나와 가까운 카페에 들어가 수첩을 꺼내 양민아에게 물어봐야 할 질문들을 정리했다.

곧이어 탑승 안내 방송이 나왔다. 큰별은 아직 연락이 없었다. 은하는 게이트 앞에서 큰별을 기다렸다. 탑승 마감을 알리는 파이널 콜이 올리기 직전이 되어서야 큰별은 헐레벌떡 게이트에 도착했다.

"왜 이렇게 늦어요? 비행기 놓칠 뻔했잖아요."

"죄송해요. 제가 게이트 위치를 헷갈려서 조금 헤맸어요."

"뭐예요? 비행기 처음 타봐요?"

"제가 국내선은 거의 탈 일이 없어서요."

"네네, 글로벌한 경찰이시네요. 부러워요."

"물론 국제선 탈 일은 더 없지만."

"지금 농담한 거예요?"

"……"

둘은 만난 이후 처음으로 함께 웃었다. 공항이라는 곳은 왠지 모를 설렘으로 마음을 말랑말랑하게 만드는 묘한 장소임이 틀림없었다. 비행기 안에서 둘은 양민아, 윤현태 혹은 블랙박스에 대한 이야기는 한마디도 하지 않았다. 그저 개인적인 이야기를 나누었다. 그렇게 은하와 큰별은 제주도에 도착했다.

둘은 출발 전보다 조금 가까워진 듯했다.

* * *

제주도의 하늘은 높고, 날씨는 한없이 맑았다. 은하와 큰별은 렌터카를 타고 양민아의 본가로 향했다. 현재의 상황과 맞지 않는 파란 하늘과 그만큼이나 푸른 바다를 바라보며 달리는 기분은 아이러니하게도 너무 상쾌했다. 자율주행 상태의 렌터카는 시속 70킬로미터 제한 속도를 유지하며 달리고 있었고, 도착 예정 시각은 빠르게 줄어들고 있었다. 둘은 차를 타고 가면서 처음으로 사건에 대한 이야기를 나눴다. 진실을 마주할 시간이 다가오는 것이 느껴졌다.

"윤현태 씨의 통신 기록을 자세히 들여다봤어요. 업무상의 연락이라고만 생각했었는데, 전화 통화 외의 문자나 메신저 등의 내용을 하나하나 살펴보니 일반적인 연인들의 대화 내용도 많더군요. 6개월 정도 사귄 사이로 보이고, 사이는 좋았던 것 같아요."

큰별은 윤현태와 양민아의 관계를 이야기하면서 은하 눈치를 봤다. 은하의 표정이 변하지 않는 것을 확인한 현태는 계속해서 이야기를 이어 나갔다.

"마지막 통신 기록이 조금 의심스러운데, 양민아 씨가 보고한 내용에 대해서 윤현태 씨가 '그냥 모르는 척하라'고 비밀 메시지를 보낸 내용이 있었어요. 만약 윤현태 씨의 죽음에 정말 무언가 있는 것이라면, 모르는 척해야만 하는 무언가가 중요한 단서가 될 수 있을 것 같아요."

"그럼, 양민아 씨도 무언가 알고 있다는 말이네요."

은하의 말에 큰별이 고개를 끄덕이며 말을 이었다.

"그렇겠죠. 그런데 양민아 씨 본인도 위험해질 수 있는데 과연 솔직하게 말해줄지 모르겠네요. 둘이 연인 사이였다는 것도 숨겼으니까요."

양민아의 집이 가까워질수록 둘은 말이 없어졌다. 감당하기 힘든 진실을 마주하게 될지도 모른다는 생각에 은하와 큰별은 불안해지기 시작했다. 렌터카는 해안도로를 지나 조용한 마을로 들어섰다.

* * *

양민아의 집은 제주도의 전통적인 구옥 형태로, 낮은 돌담과 잘 관리된 잔디, 그리고 넓은 마당이 있는 집이었다. 대문 앞에서 큰별은 은하를 쳐다봤다. 은하는 준비가 되었다는 듯 고개를 끄덕였고, 큰별은 벨을 눌렀다. 벨 소리와 함께 묵직한 개 짖는 소리가 들렸다. 반면 집 안에서는 미동이 없는 게 아무도 없는 것 같았다. 개 짖는 소리만 조용한 마을에 울려 퍼졌다. 다른 집에서도 개 짖는 소리가 돌림노래 하듯 이어졌다.

"아무도 없는 것 같아요."

은하가 까치발을 하고 마당 안을 들여다보며 말했다. 큰별은 수첩을 꺼내 확인하고는 은하에게 차로 돌아가자고 손짓했다.

"근처에서 양민아 씨 어머니가 카페를 하고 있어요. 우선 그리로 가보죠."

운전석에 앉아 시동을 걸고 목적지를 입력하는 큰별의 모습이 처음으로 믿음직해 보였다. 큰별은 주소를 입력하고는 자율주행 모드를 해제했다. 그리고 직접 운전을 해서 목적지로 향했다.

해안도로를 따라 5분쯤 달리자 김녕해수욕장 근처에 위치한 북카페가 눈에 들어왔다. 작은 단층짜리 건물에 있는 가게는 바닷가로 통창이 나 있고, 예스러운 나무문에는 'OPEN'이라는 귀여운 문패가 붙어 있었다. 북카페 문을 열고 들어가자, 실내에 맑은 풍경 소리가 울려 퍼졌다.

"어서 오세요."

루즈핏의 무지개 색상 티셔츠를 입고 짧은 단발머리를 한 여자가 카운터에서 반갑게 인사했다. 양민아였다. 큰별은 망설임 없이 카운터로 다가가 양민아 앞에 섰다. 은하는 큰별의 뒤에 서서 북카페를 둘러보았다.

"그때 그 경찰분이시네요. 여기까지 무슨 일로."

양민아는 큰별을 알아보고는 조금 전의 반가운 목소리와는 어울리지 않는 무표정한 얼굴로 큰별과 은하를 번갈아 바라보았다.

"안녕하세요, 양민아 씨? 이렇게 갑자기 찾아와서 죄송합니다. 지난번에 미처 확인하지 못한 것들이 있어서 찾아왔습니다."

"실장님 관련해서는 모두 말씀드렸는데요."

불쾌함과 불안함이 섞인 표정의 양민아는 큰별과 눈을 마주치지 못하고 은하를 바라보며 말했다.

"단도직입적으로 묻겠습니다. 그날 저에게 윤현태 씨와 연인 사이라는 것을 말해주지 않았죠? 그리고, 윤현태 씨의 장례를 치르기도 전에 제주도로 오신 이유가 있나요?"

양민아는 한숨을 내쉬며 큰별을 빤히 쳐다보며 말했다. 말투에는 불쾌함이 가득했다.

"개인적인 일까지 모두 말씀드려야 하는 건가요? 너무 놀라서 서울에서는 한시도 있을 수가 없을 것 같았어요. 그래서 병가를 내고 왔는데 그게 잘못된 일인가요?"

"저희는 윤현태 씨의 죽음과 블랙박스에 대해서 여쭤보고 싶어서 왔어요."

은하가 양민아의 말을 끊고 말했다. 은하는 정공법을 택했다. 양민아의 표정은 어둡게 변했다.

"이분은 누구시죠?"

"저는 '알리는 사람들' 작가예요. 아시죠? IBS 시사 고발 프로그램. 이번에 발생한 윤현태 씨의 죽음과 블랙박스의 조작 가능성에 대해서 취재하고 있어요. 임은하라고 합니다."

은하는 핸드폰으로 명함을 전송했다. 양민아는 떨리는 손으로 핸드폰을 꺼내 확인했다. 정상 명함이라는 메시지가 뜨고, 큰별은 잠시 놀랐으나 곧 태연한 척 말을 이어갔다. 은하가 큰소리치던 이유를 알 것 같았다.

"네, 이 분은 방송작가인데요, 굳이 함께 오겠다고 해서 같이 찾아오게 되었습니다."

어색하긴 했지만 어쨌든 소개가 끝날 무렵, 양민아의 어머니가 카페 문을 열고 들어왔다. 순간 양민아는 당황한 듯 계산대를 만지며 큰별에게 나가라는 손짓을 했다.

"그만 돌아가 주세요. 경찰이 온 걸 알면 어머니가 걱정하실 거예요."

양민아의 어머니는 어느새 큰별의 옆을 지나치며 큰별과 은하에게 눈인사를 건넸다.

"카드 결제가 자꾸 에러가 나서, 그냥 현금으로 받았어요. 일은 잘 보고 왔어요?"

양민아는 말을 더듬으며 어머니가 큰별을 보지 못하도록 막으며 뒤로는 계속 나가라는 손짓을 했다. 큰별과 은하는 인사를 건네고 북카페를 빠져나왔다.

* * *

카페에서 나온 큰별과 은하는 카페 앞에 펼쳐진 바다를 바라보며 한동안 아무런 말도 하지 않았다. 5월의 해수욕장은 조용했다. 멀리 연인으로 보이는 남녀가 다정하게 사진을 찍고 있었다. 먼저 침묵을 깬 건 큰별이었다.

"임은하 씨는 먼저 돌아가셔도 돼요. 저는 내일 다시 한번 양민아 씨를 만나봐야겠어요. 공항까지는 제가 태워드릴게요."

은하는 말없이 핸드폰을 만지작거리다가 가방에 넣고 렌터카 있는 곳을 가리켰다.

"가요. 운전은 제가 할게요."

은하는 운전석에 타서 큰별이 한 것처럼 자율주행 모드를 해제하고 직접 운전했다. 5분 후, 은하는 양민아의 집과 300미터가량 떨어져 있는 주차장에 차를 세웠다.

'하늘바람 펜션.'

"당일 예약이 어려운 일이라는 건 아시죠? 펜션도 예약했고, 렌터카도 연장했어요. 제가 도움이 될 거라고 말했죠?"

은하는 어깨를 으쓱하며 먼저 차에서 내렸다. 큰별은 당황한 표정으로 은하를 따라 내렸다. 넓은 마당을 갖춘 2층짜리 독채 펜션 안으로 들어서자 4인용 식탁 위에는 천혜향과 크루아상, 각종 커피 캡슐이 담긴 웰컴 박스가 놓여 있었다.

"임은하 씨, 고마워요. 정말 큰 도움이 되네요. 그럼 저는 일 좀 할게요. 좀 쉬세요."

큰별은 마당을 향해 난 큰 창문 앞 소파에 앉아 테이블에 노트북과 수첩을 꺼내놓으며 말했다. 창밖으로 해가 붉게 지고 있었다.

* * *

은하와 큰별은 4인용 식탁에 마주 보고 앉았다. 둘은 은하가 마트에서 사 온 소주와 과자 몇 봉지를 앞에 두고 이야기를 나누고 있었다.

"경위님은 그럼 할아버지 때문에 경찰이 되신 거네요?"

은하가 과자를 입에 넣으며 물었다.

"그렇다고 할 수 있죠. 정확히는 '할아버지 같은 경찰'이 되고 싶었는데, 그렇게 될 수 있을지는 모르겠어요."

큰별은 한숨을 내쉬며 소주를 마셨다.

"할아버지 같은 경찰? 저는 경위님도, 할아버지도 똑같이 좋은 경찰인 것 같은데요? 현실에 안주하지 않고, 의심하고 진실을 찾아가는 건 똑같잖아요. 사실 경위님이 처음 현태 씨 이야기를 했을 때는 오버한다고 생각했어요. 사실 그렇잖아요. 국과수에서 자연사라고 확인해준 사건을 내가 직접 블랙박스 영상을 확인하지 못했다고 이렇게 의심하고 조사하고 다닌다는 게. 할아버지도 지금 세상에서 활동하셨다면 딱 경위님만큼 하시지 않았을까요?"

큰별은 입가에 미소를 짓고 아무 말도 하지 않았다. 만난 지 얼마 되지 않은 참고인에게 위로와 용기를 얻고 있다고 생각하니 웃음이 났다.

"저는 그냥 가족도 없는 현태 씨한테 저라도 유족이 되어주고 싶다는 생각이 들었어요. 어쩌다 보니 방송작가 일을 하게 되었지만, 진실을 사람들한테 알리는 것보다는 현태 씨를 위해서 저만이라도 진실을 알아주고 싶은 마음. 그게 더 커요. 그래서 그냥 그것만 생각하려고요."

은하는 이야기하며 소주를 천천히 마셨다. 이 이야기는 왠지 앞에 있는 큰별이 아닌 현태와 고운에게 하는 이야기 같았다. 은하는 블랙박스와 [더 블랙]에 대해서 조사하면서, 고운에게는 미안하지만, 진실을 알게 된다고 해도 방송을 내보내기는 어려울 것 같다고 생각했다. 고운은 지난 방송에서 블랙박스가 언급되었다는 사실만으로 징계를 받았다. 아무리 고운이라도 그런 상황에서 블랙박스에 대한 의혹을 중점적으로 다룬 방송을 내보낼 수 있을 리 없었다.

무언가를 감추기 위해 현태의 머리에서 누군가가 블랙박스를 없앤 것이라면, 그들은 그 사실을 감추기 위해서 또 다른 무슨 일이라도 할 수 있을 테니까.

* * *

2044. 12. 10. 토요일. IBS Headline NEWS

오늘의 헤드라인입니다.

한동안 우울한 소식만 전해드렸는데요. 오늘은 밝은 소식입니다. [더 블랙]의 브라이언 회장은 오늘 기자회견을 통해 블랙박스를 인간의 뇌에 직접 이식하는 실험에 최종 성공했다고 발표했습니다.

[더 블랙]은 지난 3년간의 임상실험을 통해 오류 없이 인간의 시각, 청각, 후각 정보를 추출, 재생할 수 있게 되었다고 하는데요. 현재 전 세계 70개국에서 임상실험이 진행 중이며, 실험과 안정성 인증이 마무리되는 대로, 일반인에게 보급할 수 있게 하겠다고 브라이언 회장은 밝혔습니다.

물론 아직 보완해야 할 부분도 많죠. 개인정보, 사생활 침해 등 시민단체에서 지적하는 내용은 가장 신경 써야 할 것입니다. 범죄 막겠다고 개인에게 다른 피해를 줘서는 안 되겠죠. 브라이언 회장님, 꼭 명심해주시길 바랍니다.

공조 2

    은하는 제주도의 아침 햇살을 받으며 산책하고 있었다. 아침형 인간이 되기로 마음먹었고, 오랜만에 한적한 시골 마을에 오니 알람 없이도 창으로 비쳐 들어오는 햇살에 자연스럽게 눈이 뜨였다. 숙취도 전혀 없었다. 은하는 세수하고 머리끈으로 대충 머리를 묶고는 펜션을 나섰다.

    동네는 평화로웠다. 늘 빌딩 숲 사이로 보이는 뿌연 하늘만 보다가 맑고 파란 하늘을 바라보자니 다른 세상에 와 있는 듯했다. 아침마다 습관처럼 찾던 담배 생각도 나지 않았다. 한참을 걷다 보니 저편에 자기 몸과 비슷한 크기의 개를 끌고 산책하는 여자가 눈에 들어왔다. 양민아였다. 은하는 빠른 걸음으로 양민아 쪽으로 다가갔다.

"리트리버죠? 털이 너무 우아해요! 이름이 뭐예요?"

"네. 골든리트리버예요. 이름은 상구예요. 촌스럽죠?"

리트리버가 은하를 향해 꼬리를 치며 다가왔다. 꼬리를 칠 때마다 웅웅 바람 가르는 소리가 났다. 낯선 사람을 발견하고 관심을 보이는 리트리버가 혹시 실수라도 하지 않을지 하네스를 꽉 움켜쥐고 있던 양민아가 은하 쪽으로 시선을 돌리며 말했다. 순간 은하를 알아본 양민아의 얼굴에서 미소가 사라졌다.

"아직 돌아가지 않으셨나 봐요. 말씀드렸지만 저는 더 이상 드릴 말씀이 없어요."

양민아는 냉랭한 말투로 말하고 상구의 하네스를 세게 잡아당겼다. 그러나 자기 몸집만 한 리트리버를 감당하기에는 버거워 보였다. 이제 상구는 바닥에 누워 은하에게 만져달라고 애교를 떨고 있었다.

"상구는 조금 더 있고 싶나 봐요. 저한테는 아무 말씀도 하지 않으셔도 돼요. 그저 제 이야기만 좀 들어주실래요?"

은하는 쪼그리고 앉아 상구를 쓰다듬으며 말했다. 양민아는 상구를 잡아끄는 것을 포기하고 은하를 내려다보고 있었다. 은하는 상구를 계속 쓰다듬으면서 이야기를 시작했다. 은하의 말을 듣는 양민아의 표정은 시시각각 변했다. 특히, 은하가 윤현태의 전 여자 친구라는 사실을 밝혔을 때는 순간 슬픈 표정을 지었다. 아마도 전 여자 친구를 향한 질투심보다는 소중한 사람을 잃은 동질감이 더 큰 것 같았다.

"사람이 변할 수도 있겠지만, 제가 아는 그 사람이라면 자기 죽음을 받아들이지 못할 것 같아요. 그래서 저는 그 사람의 죽음을 명확하게 알아주고 싶어요. 억울하잖아요. 자기가 왜 죽었는지도 모르고 간다는 거. 그건 이큰별 경위님도 같은 마음일 거예요. 정말 순수한 마음으로 그 사람 죽음에 의문을 없애고 진실을 찾고 싶어 하는 것 같아요. 양민아 씨가 무엇을 알고 있는지는 모르겠지만, 그리고 두렵겠지만 현태 씨가 무엇을 원할지 생각해주셨으면 좋겠어요. 현태 씨에게는 가족이라고 할 수 있는 사람이 양민아 씨밖에 없잖아요."

양민아와 은하는 한참이나 말없이 동네를 걸었다. 상구는 새로운 사람과 산책하는 것이 좋은 듯 두 사람을 앞서 걸으며 수시로 뒤를 돌아보았다. 양민아의 집 앞에서 은하는 상구에게 눈높이를 맞춰 인사를 하고 일어나 양민아에게 말했다.

"산책 즐거웠어요. 전화 기다릴게요."

* * *

큰별은 펜션 마당에 있는 빨간 벤치에 앉아 커피를 마시며 담배를 피우고 있었다. 은하가 다가오는 것을 느끼지 못한 큰별은 갑자기 눈앞에 서 있는 은하를 발견하고는 깜짝 놀라 마시던 커피를 흘릴 뻔했다.

은하는 큰별에게 양민아를 만난 이야기를 전하지 않았다. 일에 있어서 확실하지 않은 기대감을 공유하는 것은 자칫 실망만 커질 뿐이라는 것을 많이 경험했기 때문이다. 은하는 조용히 큰별 옆에 앉아 머리를 뒤로 젖혀 하늘을 바라보았다. 이렇게 온전히 하늘만 바라본 적이 언제였는지 기억도 나지 않았다. 어느새 큰별도 은하와 같은 자세로 하늘을 바라보고 있었다. 5월의 아침 바람이 선선하게 불어왔다.

갑자기 울리는 진동 소리에 큰별이 자세를 고쳐 앉아 핸드폰을 바라보았다. 그러고는 벌떡 일어서며 은하에게 핸드폰 화면을 들어 보였다. 큰별은 환히 웃고 있었다.

'발신자: 양민아 대리'

'지금 바로 뵐 수 있을까요?'

* * *

큰별과 은하는 빠른 걸음으로 양민아의 집 앞에 도착해 벨을 눌렀다. 이번에도 집 안에서 리트리버가 짖는 소리가 들렸다. 은하는 왠지 상구가 자기인 줄 알고 있는 것 같았다. 어제보다 짖는 소리가 조금 부드러워진 것처럼 느껴졌다.

"누구세요?"

잠시 후 어느새 편안한 원피스 차림으로 갈아입은 양민아가 대문 앞으로 나오는 모습이 보였다. 그녀를 앞질러 상구가 달려왔다. 양민아는 어제와는 달리 조금은 반가운 표정으로 문을 열어주었다. 옆에서는 상구가 꼬리를 치며 은하 옆에 드러누웠다. 큰별은 사람을 좋아하는 개인가, 생각하며 양민아에게 인사를 건넸다.

"연락 주셔서 감사합니다."

"저쪽으로 가시죠."

양민아는 바깥채로 은하와 큰별을 안내했다. 바깥채는 밖에서 보는 것과는 달리 군더더기 없는 모던한 분위기의 응접실이었다. 하지만 중앙에 자리 잡은 작은 테이블은 고풍스러운 느낌을 풍기며 이 집이 양민아의 부모님 집이라는 것을 말해주고 있었다. 양민아는 큰별과 은하를 테이블 쪽으로 안내하고 뒤편에 위치한 작은 주방에서 물을 끓이며 말했다.

"다행히 오늘은 카페 휴무일이에요. 감귤차 괜찮으시죠?"

양민아는 큰별과 은하를 마주 보고 앉았다. 물이 끓을 때까지 셋은 양민아의 집에 대해서 어색한 대화를 나눴다. 테이블 위에는 찻잔과 함께 큰별과 은하의 수첩이 놓여 있었다. 물이 끓고 양민아가 차를 따라주며 말을 시작했다. 차분한 목소리였다.

"외근을 다녀왔는데 사무실에 폴리스라인이 쳐져 있었어요. 무슨 일인가 싶었지만, 소장님이 모두 퇴근하라고 했어요. 퇴근하면서부터 실장님한테 연락했는데 계속 연락이 안 되더라고요. 가끔 그런 적이 있었기 때문에 그러려니 했는데, 다음 날 출근해보니 실장님이 돌아가셨다고 했어요. 정신을 차릴 수가 없었는데 소장님이 개별 면담을 하면서 참고인 조사가 있을 거라며 쓸데없는 말은 절대 하지 말라고, 그리고 저한테는 실장님과의 관계도 밝히지 말라고 하셨어요. 저는 소장님이 저희 관계를 알고 있는지도 몰랐는데 말이죠. 경찰에서 괜히 사건과 관계없는 사적인 질문들을 할 수 있으니 저를 위한 거라고 하셨어요. 참고인 조사를 마치고는 도저히 아무것도 할 수가 없어서 병가를 내고 바로 제주도로 내려왔어요. 그게 다예요."

그녀는 기억하기 싫은 기억을 떠올리는 것처럼 중간중간 눈을 찡그렸다. 표정에서 억지로 눈물을 참고 있는 것이 느껴졌다.

그녀의 말을 가만히 듣고 있던 큰별은 조심스럽게 윤현태가 살해되었을 수 있다고 이야기했다. 테이블 위에 놓인 찻잔을 만지던 그녀의 손이 살해라는 말을 듣는 순간 떨렸다. 은하는 조용히 그녀의 왼손을 잡아 주었다. 그녀의 눈빛에서 무엇인가 말하고 싶어 한다는 것을 느낄 수 있었다. 큰별은 양민아의 표정을 살피며 윤현태 사건 이전에 사망한 이은성에 대한 이야기도 들려주었다.

한동안 양민아는 아무 말이 없었다. 그러다 큰 결심을 한 듯 은하가 잡은 손에 힘을 주며 이야기했다. 의심이 확신으로 변하는 순간이었다.

* * *

양민아의 말에 따르면, 2주 전쯤, 조작된 것으로 보이는 블랙박스 영상이 발견되었다. 블랙박스 영상은 인간의 시청각 신호를 특수한 형식으로 재생하는 것으로, 일반 카메라로 찍는 것과는 전혀 다른 방식이라 현실적으로 조작이 불가능하다고 알려져 있다. 만약 영상 조작이 가능하다면, 블랙박스는 원래의 목표와는 정반대로 진실을 조작할 수 있게 되는 것이기 때문에 전 세계적으로 큰 혼란을 야기할 일임은 자명한 사실이었다.

양민아는 이 일을 윤현태에게 보고했다. 양민아의 보고를 받은 윤현태는 만약 블랙박스 영상에 대한 조작이 있었다면, 그 일을 할 수 있는 곳은 [더 블랙]밖에 없을 것이라는 생각에 바로 변기호 소장을 찾아갔다.

다음 날 윤현태는 양민아에게 전략기획실 실장으로서 영상은 조작된 것이 아니라고 말했다. 하지만 남자 친구로서는 양민아를 따로 불러 이번 건에 대해 모르는 척 넘어가라고 귀띔했다.

큰별이 통신 기록에서 확인한 내용 그대로였다. 상황은 의심스러웠으나, 양민아는 남자 친구로서의 윤현태이자 상사로서의 윤현태를 믿었기에 전략기획실 실장 윤현태의 말을 믿기로 했다. 하지만 일주일 뒤 윤현태는 사망한 채로 발견되었다. 양민아는 그의 죽음에 숨겨진 사실이 있다고 여기지는 않았지만, 직원들 입단속을 하는 걸 보며 조금씩 두려움이 몰려왔다.

이야기를 마치며 양민아는 결국 눈물을 떨구었다. 혼자만 간직해 온 비밀을 털어놓은 시원함과 입 밖으로 뱉어낸 무서운 사실에 대한 공포감이 혼재된 눈물이었을 것이다.

"그러면, 현태 씨에게 정말 블랙박스가 없었던 건가요?"

은하는 양민아의 손을 더욱 세게 잡으며 물었다. 은하의 눈빛이 흔들리는 것을 양민아는 느낄 수 있었다.

"실장님이 돌아가신 뒤, 바로 접근이 막혀서 확인하지 못했지만, 경위님 말씀을 듣고 보니 아마도 제거되었을 것 같아요. 최근까지 전략기획실에서는 블랙박스 교체에 대한 TF가 있었어요. 교체라는 것은 말 그대로 기존 블랙박스를 제거한 후 새것으로 바꾸는 거죠. 그것에 대한 테스트를 계속해왔고, 지금은 90% 이상 오류 없이 교체할 수 있게 되었어요. 영상을 조작하는 것보다는 제거하는 편이 훨씬 간단하고 확실하죠. [더 블랙]에서 사건을 키워가면서까지 영상을 보여주지 않는 이유는 아마도 실장님에게 블랙박스가 없었기 때문일 거예요."

양민아는 연인의 전 여자 친구인 은하에게 마치 블랙박스 대신 그의 죽음에 대한 진실을 알려주고 싶어 하는 것 같았다. 이후로도 한참 동안 이어진 양민아의 이야기를 다 듣고 나서 큰별이 물었다.

"양민아 씨는 앞으로 어떻게 하실 계획인가요? 위험할 수도 있을 것 같은데."

큰별은 계속해서 양민아의 표정을 살피며 메모했다.

"병가가 끝나면 복귀해야죠. 결국 회사 안에 있는 것이 가장 안전할 것 같아요. 그래도 경찰과 방송에서 경위님이나 작가님 같은 분들이 사건에 관심을 갖고 계시다니 조금은 안심이 되네요."

양민아는 보기보다 강한 사람이라는 생각이 들어 큰별은 안심했다. 양민아의 집을 나서는 큰별과 은하에게 양민아 어머니가 따라 나와 감귤을 한 봉지씩 챙겨주며 '민아를 잘 부탁한다'고 말했다.

제주도를 떠나 서울로 돌아오는 비행기 안에서 은하와 큰별은 각자의 수첩에 무언가를 계속 적어 내려갔다.

큰별은 앞으로의 수사에 대한 방향성을.

은하는 전 연인이 겪은 사건의 진상을.

확신

은하는 제주도에서 돌아온 후, 블랙박스에 대해서 본격적으로 조사하기 시작했다. 그동안 은하에게 있어서 블랙박스는 그저 CCTV나 자동차 블랙박스와 같이 안전을 위해서 으레 존재하는 것에 불과했다. 그도 그럴 것이 은하는 지금껏 블랙박스 영상은 물론이고, CCTV 영상도 직접 본 적이 없었다. 블랙박스라는 것이 어떻게 생겼는지 관심조차 없었다.

양민아와의 대화 내용을 정리하고, [더 블랙]과 블랙박스에 대한 기사나 논문들을 찾아보면서 은하는 블랙박스가 그녀의 생각보다 훨씬 대단한 기술이라는 것을 알게 되었고, [더 블랙]이 얼마나 엄청난 회사인지 깨닫게 되었다.

사실 큰별이 현태의 블랙박스가 없을 수도 있다는 것에 대해서 심각하게 반응하며 강한 의심을 보일 때, 은하는 '사람이 설치한 기계를 사람이 뗐을 수도 있는 일'을 가지고 지나치게 예민하게 군다고 생각했다. 하지만 블랙박스는 은하가 생각하던 것처럼 단순한 기계가 아니었다.

블랙박스는 사람이 보고 듣는 시각과 청각 정보를 전자 신호로 변환해서 저장하고, EP라는 장치를 통해 다른 사람이 똑같이 느낄 수 있게 재생해 주는 장치이자 기술이다. [더 블랙]이 블랙박스라는 것을 처음 발표했을 때, 다른 사람의 시청각 정보를 그대로 보고 들을 수 있다는 것에 대중은 놀랐고, 사람이 평생 접하는 엄청난 양의 정보를 고작 길이 1밀리미터보다도 작은 기계에 저장할 수 있다는 사실에 환호했다.

게다가 다른 곳도 아닌 뇌에 설치할 수 있다는 것은 실로 엄청난 기술이었다. 블랙박스는 뇌신경을 구성하는 조직과 동일한 물질로 만들어져 뇌신경에 직접 이식된다. 더구나 이식을 위해서 위험한 개두술을 사용하지 않고, 양쪽 콧구멍을 통해 내시경과 미세 수술 기구를 활용하기 때문에 외부에 상처를 내지 않고 짧은 시간에 이식할 수 있었다.

이식 후 시간이 지나면서 뇌는 블랙박스를 마치 뇌신경의 일부인 것처럼 인식하게 된다. 이렇게 이식된 블랙박스를 떼어내는 것은 결국 뇌신경을 제거하는 것과 같아서, 블랙박스를 제거한다면 사람은 살아 있을 수가 없다. 설사 살아 있더라도 정상적인 생활을 할 수는 없을 것이다.

그러나 양민아의 말에 따르면, [더 블랙]은 이것 역시도 가능하게 만들었다. 은하는 블랙박스에 대해서 알면 알수록 떨렸다. 그 떨림은, 자신이 조사하고 있는 이 사건이 그 누구도 쉽게 감당할 수 없는 엄청난 사건일 수 있다는 두려움과 이런 엄청난 이야기를 자신이 소설로 쓸 수도 있지 않을까 하는 기대감이 혼재된 복합적인 감정이었다.

은하는 조사한 내용을 바탕으로 수첩의 마지막 페이지를 펼쳐 뒤에서부터 새로운 이야기를 써나가기 시작했다.

'블랙박스의 비밀.'

은하는 수첩을 덮었다. 현태의 죽음의 진실을 밝히기에는 아직 갈 길이 멀었다.

* * *

제주에서 돌아온 후 이틀 동안 큰별은 야근을 하며 사건에 매달 렸다. 블랙박스와 관련된 모든 사건 기록을 뒤져보았다. 특히 최근 발생한 두 건에 대한 국과수의 스캐닝 보고서는 이제 외울 지경이었다. 그리고 사건의 보고서를 새롭게 작성하기 시작했다. 누가 시키지도 않은 보고서를 작성하는 것은 처음이었다. 보고서에는 양민아의 인터뷰 내용이 포함되었다. 목표는 [더 블랙]. 명실상부 대한민국, 아니 세계 최고의 권력 집단이었다. 그리고 머릿속으로 가장 유력한 용의자를 떠올렸다. 흰머리에 터틀넥을 입고 있는 변기호 소장이 그려졌다.

오늘도 경찰서를 나오니 시간은 어느새 밤 10시를 향해가고 있었다. 큰별은 담배를 한 대 피우며, 문득 은하가 생각났다. 최근에 가장 오랜 시간을 함께 보낸 사이라서 그런 것뿐이라고 생각하며 담배를 끄고 발걸음을 돌리는 순간 은하에게서 전화가 왔다. 은하의 목소리는 밝았다.

"경위님! 변기호 소장은 언제 만나볼 거예요?"

"변기호 소장이요? 조만간 만나야죠. 그런데 왜요?"

"저도 같이 가야죠!"

은하의 해맑은 목소리에 큰별이 자기도 모르게 목소리를 높였다.

"은하 씨는 이제 빠져요. 양민아 씨 이야기 못 들었어요? 변기호 소장은 지금 상황에서 유력한 용의자예요. 위험할 수 있다고요!"

"어차피 처음부터 상대는 [더 블랙]이었잖아요? 나는 괜찮으니까 계속 같이 해요."

큰별은 위험을 감수하면서까지 함께하고 싶다는 은하의 말에 마음에도 없는 소리가 튀어나왔다. 문득 죽은 현태에게 알 수 없는 질투심을 느꼈다.

"은하 씨는 도대체 왜 이 사건에 이렇게 관심이 많아요? 은하 씨도 위험해질 수 있다고요. 윤현태는 그저 전 남자 친구일 뿐이잖아요? 아직 미련이 남은 건가? 아니면, 정의감, 뭐 그런 거예요?"

"정의감? 나한테 그런 거창한 건 없어요. 물론 진실을 밝히고 방송하고 싶은 마음도 간절해요. 하지만 그보다 난 그저 나한테 소중했던, 가족과도 같았던 사람이 이런 의심 가득한 죽음을 맞이했다는 걸 받아들일 수가 없어요. 나라도 진실을 알아서 그 사람한테 꼭 말해줄 거예요. 그런데 왜 화를 내고 그래요? 서로 필요한 거 하자고요. 내가 죽도록 조사해줄 테니 경위님은 편하게 [더 블랙] 잡으라고요! 아, 모르겠고 우선 내일 아침에 만나요."

은하는 자기 할 말만 빠르게 쏟아내고는 전화를 끊었다. 큰별은 다시 담배를 한 대 꺼내 물었다. 분명히 조금 전까지 화를 냈지만, 흡연실 창문에 비친 얼굴은 웃고 있었다. 그 모습이 우스워 큰별은 다시 미소를 지어보았다. 아까 보았던 자연스러운 표정이 나오지 않았다. 내일이 기다려졌다.

* * *

강남경찰서는 너무도 조용했다. 스무 명 남짓 되는 강력팀 중 훈직과 큰별, 정병욱 팀장만이 자리를 지키고 있다. 그 적막함을 깬 건 전화벨 소리였다. 훈직과 큰별의 전화기가 동시에 울렸다.

큰별에게 전화를 건 사람은 신우택이었다. 전화 속 신우택은 다급한 목소리로 말했다.

"조금 전에 제주도 분원에서 보디 스캐닝 결과가 하나 올라왔어. [더 블랙] 직원이야. 양민아, 전략기획실 직원!"

양민아의 사망 소식을 들은 큰별은 그 자리에서 얼어버렸다. 그녀가 위험할 수 있다는 이야기를 자신이 직접 양민아에게 했고 충분히 예상할 수 있었던 일이었다. 그럼에도 실제로 발생한 사건 앞에서 두려움만큼이나 경찰로서의 죄책감이 커지는 기분이었다.

"스캐닝 결과 사인은 급성 혈액암이야. 그것 말고는 아무런 특이점은 없어."

"블랙박스는? 블랙박스는 있어요?"

"너도 알겠지만, 그건 국과수 스캐닝에서 나오지 않아. 하지만 이번에도 블랙박스 영상 없이 긴급으로 처리해달라는 요청이야. 네 생각대로 이상한 일이 벌어지고 있는 것 같다. 또 하나……."

신우택은 큰별이 계속 의심하던 오피스텔 사건에 대한 추가적인 내용을 말해주었다. 일반적으로 사람에게 이식된 블랙박스의 활동이 멈추면 5분 이내에 [더 블랙]의 전담팀으로 경보가 전달되고, [더 블랙]에서는 경보의 이상 여부를 확인하여 관할 경찰서와 국과수, 긴급출동팀에 신고를 접수한다. 그래서 최대 30분 이내에 경찰과 국과수 그리고 긴급출동팀에서는 사건의 현장을 확인할 수 있다. 하지만 오피스텔 사건에서 시신의 사망 추정 시각은 국과수에서 보디 스캐닝을 하기 최소 12시간 전이었다. [더 블랙]에서 긴급으로 처리할 것을 요청했고, 평범한 사건이다 보니 국과수에서도 사망 추정 시각을 주의 깊게 살펴보지 않았다.

큰별은 혼란스러웠다.

'이 정도면 고독사라고 할 수 있어. 이렇게 시간이 오래 걸린 건 블랙박스가 꺼진 시간을 아무도 몰랐다는 것 외에는 설명이 안 돼. 블랙박스는 없었던 거야. 그렇다면 사건을 신고한 사람을 찾아야 해.'

큰별에게 오피스텔로 가라고 지시한 것은 정병욱 팀장이었다. 그는 자리에서 일어나 팀장의 방을 바라보았다. 조용한 사무실이 갑자기 소란스러운 것을 느낀 정 팀장은 방문을 열고 고개를 내밀어 큰별을 바라보고 있었다. 그의 표정은 무슨 일이 일어난 것을 직감적으로 느끼고 있는 것 같았다. 큰별은 전화를 끊고 정 팀장의 방으로 향했다.

잠시 후, 정병욱 팀장의 방문을 닫고 나오는 큰별은 자신감에 차 있었다. 팀장은 오피스텔 사건에 대한 출동 요청을 [더 블랙] 변기호 소장으로부터 받았다고 했다. 이제 확실해졌다. 변기호 소장은 유력한 용의자. 최소한 사건에 대한 모든 것을 알고 있는 사람이라는 확신이 들었다.

큰별은 다시 자리에 앉아 제주경찰서의 담당 형사 연락처를 확인하고는 전화를 걸었다.

"강남경찰서 이큰별 경위입니다. 담당하고 계신 양민아 씨 사망 사건, 혹시 블랙박스 영상 확인하셨나요?"

"아뇨. 가족들이 바로 옆에서 죽음을 지켜봤고, 의심스러운 일은 없었다고 하더라고요. [더 블랙]에서도 블랙박스 확인할 필요 없이 처리해 달라고 공문을 보내왔고요. 바로 자연사로 종결된 사건인데, 혹시 무슨 문제라도 있나요?"

역시 이번에도 블랙박스는 없을 것이다. 전화기 너머 들려오는 제주서 담당 경찰의 목소리에서 의욕이라고는 전혀 느낄 수 없었다. 큰별은 전화를 끊고 잠시 얼마 전까지는 자신의 목소리도 그렇지 않았을까 생각했다. 생각에 더 빠져들 새도 없이 훈직이 놀란 표정으로 호들갑스럽게 다가와 말했다.

"선배, 이은성 씨, 10년 전까지 [더 블랙]의 회계감사를 담당했었어요. 최근에는 투자했던 사업이 어려워져서 경제적으로 어려움을 겪고 있었나 봐요. 돈을 구하러 이 사람 저 사람 만나러 다녔고, 죽기 전에 [더 블랙] 브라이언 회장을 두 번 만났대요."

훈직은 불법 대출 사건을 조사하던 중 이은성의 이름을 발견했고 대출 조직원 중 한 명이 훈직에게 잘 보이기 위해서 이은성에 대한 뒷이야기를 해주었다. 이미 이은성은 회사를 여러 번 옮겼기 때문에 10년 전 [더 블랙]의 회계감사를 그가 담당했었다는 것은 공개된 자료만으로는 알아낼 수가 없었다. 훈직이 보여주는 자료를 보던 큰별은 수첩을 꺼내 이은성의 이름과 함께 적었던 물음표 옆에 [더 블랙]이라는 단어를 쓰고는 크게 느낌표를 그렸다. 그러고는 그동안 작성하던 보고서의 마지막 페이지에 세 줄을 추가해서 다시 정병욱 팀장에게 달려갔다.

'5.22.(금) 중요한 참고인 양민아 사망(혈액암). [더 블랙] 전략기획실 대리, 전략기획실 실장의 연인.'

'이은성. 10년 전까지 [더 블랙] 회계감사 담당 회계사. 사망 전 [더 블랙] 회장과 두 차례 만남. 사망 후 24시간 이상 방치. 최초 신고자 [더 블랙] 변기호 소장.'

'이은성, 윤현태, 양민아, 블랙박스 영상 미확인(확인 불가, 제거 가능성 높음), 모두 [더 블랙]과 관련 있음.'

* * *

"그래, 내가 생각해도 [더 블랙]이 사건과 관련되어 있는 건 맞는 것 같다. 그런데 사인이 혈액암, 병사잖아. 자연사. 병 걸려 죽은 거잖아, 모두. 이은성, 윤현태는 심장마비, 양민아는 혈액암. 세 사람 모두 블랙박스가 제거되었을 수는 있지만, 아무리 [더 블랙]이라고 해도 없는 병을 만들어서 사람을 죽일 수는 없는 거잖아. 아직 우리한테는 아무런 증거가 없어."

정병욱 팀장은 안경을 벗고 차분하게 큰별의 보고서를 읽어 내려갔다. 그는 곧 깊은 한숨을 내쉬며 보고서를 덮었다. 그리고 다시 안경을 쓰고 큰별을 올려다보았다. 옆에 서서 정 팀장을 노려보고 있는 큰별의 눈빛은 당장이라도 [더 블랙]에 쳐들어갈 준비가 되어 있어 보였다. 그동안 정병욱 팀장 역시 자신이 처리했던 사건들을 다시 검토했다. 그는 지금까지는 [더 블랙]이 어떤 이유에선가 블랙박스 영상을 감추려고 하는 것으로만 생각했지만, 이제는 블랙박스를 제거했을 것이라는 데 더 높은 가능성을 두게 되었다.

3년 전 그는 선배를 잃었다. 막연히 선배의 죽음에 자신이 영향을 미쳤을지도 모른다는 두려움에 일부러 그 사건에 대해 생각하지 않고 살았다. 하지만 손바닥으로 하늘을 가릴 수 없다는 흔한 말처럼 진실은 가려지지 않았다. 결국 지금 앞에 서 있는 후배는 그가 가린 진실을 파헤치려 하고 있었다. 자기 잘못이 드러나는 것은 두렵지 않았다. 하지만, 만약 큰별의 의심이 사실이라면, 선배가 죽은 것처럼 자기도, 그리고 큰별도 목숨을 잃을 만큼 위험한 일이 벌어질지도 모른다는 생각에 큰 두려움이 몰려왔다.

큰별은 죽음조차 각오한 사람처럼 사건에 달려들고 있었다. 정병욱 팀장은 결정해야 했다. 큰별에게 힘이 되어주든가, 아니면 또다시 진실을 덮고 자신이 그랬던 것처럼 큰별에게 세상과 타협하라고 하든가.

정 팀장은 드디어 마음의 결정을 내렸다. 진짜 경찰이 되겠다고 앞뒤 가리지 않는 큰별이 진짜 경찰이 되도록 도와주기로. 그는 팀장으로서 큰별에게 확답을 주어야 했다. 그는 방문을 열어 훈직을 불러 둘에게 사건 수사 지시를 했다.

"하나하나 하자. 우선 더 확실한 증거를 찾아와! 블랙박스가 제거되었다는 확실한 증거, 그게 있어야 검사도 영장을 내줄 거다."

"네! 꼭 가지고 올게요, 증거."

큰 소리로 대답하고 팀장의 방을 나온 큰별은 자신의 책상 앞에서 자기를 기다리고 있는 은하를 마주쳤다.

* * *

두 사람은 아무 말도 하지 않았다. 다 타들어 간 담배꽁초가 수북하게 쌓여 있는 재떨이에 두 사람의 담배꽁초가 더해졌다. 먼저 입을 연 것은 은하였다.

"수사 방법이 걱정되는 게 아니죠?"

"……."

"수사한다고 해도 아무것도 할 수 없을 것 같아서 걱정인 거죠?"

큰별은 당황해서 은하의 말을 못 들은 척했다. 그렇다. 큰별은 방금 겨우 팀장에게 수사에 대해 공식적으로 허락을 받았다. 팀장만 설득하면 모든 것이 수월해지고 속이 시원할 것 같았다. 하지만 팀장의 방문을 닫고 나오는 순간, 진짜는 이제부터라는 생각이 큰별을 답답하게 했다. 2년을 넘게 함께 일한 팀장을 설득하는 데도 오랜 시간이 걸렸는데 검사를 설득하고, 기소를 하고 재판을 받게 하는 것이 가능하긴 할지 걱정이 몰려왔다.

처음에는 큰별도 고민했다. 그냥 시키는 대로 하면 아무 일도 없을 거라고. 그런데 자꾸만 의심이 생기고, 의심이 커지는 것을 멈출 수가 없었다. 그래서 사건을 파헤치고, 의심에 확신이 생겨 여기까지 왔다. 증거를 찾아오겠다고 큰소리치기는 했지만, 과연 증거가 있을지조차 확신이 없었다. 블랙박스라는 해답 없이 문제를 풀어야

확신   137

하는 지금의 상황을 어떻게 해결해야 할지 막막하기만 했다.

은하는 큰별의 고민을 알고 있다는 것처럼 큰별에게 담배를 건네며 말했다.

"우리끼리는 아무것도 바꾸지 못할 거예요. 그런데 나는요, 그냥 내가 해야 할 일을 하려고요. 조금 우습지만, 저는 가족이 없는 현태 씨에게 그의 마지막을 알려줄 거예요. 그리고 친구가 방송을 만들 수 있도록 많은 정보를 줄 거고요. 그리고 이제야 마음을 먹긴 했지만, 경위님 덕분에 좋은 소재를 찾았으니 그걸로 소설도 쓸 거예요. 조금 더 조사하고 확인해서, 조금 더 현실적으로, 사실과 가까운 소설을 쓸 거예요. 그러니까 경위님도 그냥 지금처럼만 해요. 경찰이잖아요! 경찰은 의심스러운 일, 끝까지 수사해야죠. 수사해서 줘야죠. 나쁜 놈들 법정에 세울 수 있는 사람들한테! 그것까지만 생각해요, 일단. 그러면 최소한 후회는 없을 거예요. 앞선 걱정 하지 말고, 그냥 지금 해야 하는 일만 생각해요. 이후의 일은 경위님이 걱정할 게 아닌 것 같아요. 그러다 보면 우리처럼 자기 할 일 열심히 하는 검사가 있을지도 몰라요. 그리고 그다음에는 또 이 일을 자기가 해야 할 일이라고 생각하는 판사가 있을지도 모르죠. 우리 그냥 그렇게 서로 해야 할 일만 해요. 함께."

'함께.'

다른 어떤 말보다도 그 단어가 큰별에게 위로가 되었다.

'나는 팀장님과 훈직이와 함께하고 있고, 은하 씨와도 함께하고 있다. 나는 혼자가 아니다.'

큰별은 자기도 모르게 은하를 안았다. 은하의 머리에서는 달콤한 과일 향이 나는 것 같았다. 은하도 말없이 큰별을 안아주었다. 그러고는 어떤 결심이라도 한 듯 큰별을 밀어냈다.

"우리 지금 당장 해야 할 일이 있잖아요? 좀 전에 해야 할 일만 하기로 했으니 우선 변기호 소장부터 만나봐요."

은하의 눈이 빛나고 있었다. 큰별은 고개를 끄덕였다.

"그런데 은하 씨, 하나만 약속해요. 절대로 위험한 일은 하지 말아요. 경찰은 시민의 안전을 지켜야 해요. 하지만 저는 양민아 씨의 안전을 지키지 못했어요. 은하 씨마저도 지키지 못한다면 저는 해야 할 일을 못 한 사람이 될 거예요."

진심이 느껴지는 말에 은하는 웃으며 새끼손가락을 내밀었다.

* * *

변기호 소장은 평소 일밖에 모르는 사람이었다. 회사와 집 이외에 그가 가는 곳이라고는 회사 근처에 있는 골프 클럽이 유일했다. 그는 매일 점심시간에 골프 클럽에서 골프를 쳤다. 건강을 위해서이기도 하지만 아무런 생각을 하지 않고 눈앞에 있는 지름 4.2센티

미터 정도의 작은 공에 모든 신경을 집중하는 것이 그의 유일한 스트레스 해소법이었다. 변기호 소장은 평소처럼 연습을 마치고 건강 음료를 한잔하기 위해 클럽 라운지에 들렀다. 직원이 그를 알아보고는 늘 마시던 음료를 준비했다.

"소장님!"

큰별이 은하와 함께 변기호 소장에게 다가가 말을 걸었다. 변기호 소장은 놀랐지만 이내 반갑게 인사했다.

"이 경위, 자네가 여기 무슨 일인가? 이 경위도 여기 클럽을 다녔어? 아니면, 나를 만나러 온 건가?"

큰별은 변기호 소장에게 은하를 방송작가라고 소개했다. 셋은 자리에 앉아 이야기를 나누기 시작했다. 변기호 소장은 [더 블랙]에서 30년 가까이 일했기 때문에, 사람을 대하는 것에 몹시 익숙해 보였다. 해줄 수 있는 말과 없는 말을 능숙하게 갈라가며 말했고 단어 선택도 몹시 조심스러웠다.

양민아와 윤현태의 사망과 관련해서 변기호 소장은, [더 블랙]의 책임이 있다고 말했다. 지나친 스트레스와 과중한 업무 환경이 영향을 미쳤을 수도 있다고 인정했다. 하지만 블랙박스에 대한 문제는 전혀 없음을 강하게 어필했다.

"내가 해줄 수 있는 이야기는 블랙박스를 이식할 수 있는 곳도, 제거할 수 있는 곳도 [더 블랙]밖에 없다는 거네. 또 [더 블랙]에서 일어나는 일 중에 내가 모르는 일은 없다는 거고. [더 블랙]에서는 직원뿐 아니라 그 누구의 블랙박스에도 손을 댈 수가 없네. 이번 사건들은 지병이 있던 두 명의 직원이 과로했고 그로 인해 일주일 차이로 죽은 것일 뿐이야. 그 이상도, 그 이하도 아니네."

"두 명이 아니고, 세 명입니다. 거슬러 올라가면 8건이 더 있다는 것도 알고 계실 것 같은데요."

큰별은 변기호 소장에게 단호한 목소리로 이야기했다. 변 소장은 자세를 고쳐 앉으며 큰별의 이야기에 귀 기울였다. 큰별은 이은성 회계사와 신우택이 보내준 리스트에 관해 이야기했고, 변 소장은 가만히 듣고 있었다. 그의 표정이 조금씩 어두워졌다.

"많은 조사를 했군……. 오래전 일은 나도 나이가 들어서 기억나지 않고, 그 오피스텔 건이 우리 회계사였다는 말은 나도 몰랐던 이야기야. 이 경위, 사무실에 들어가서 몇 가지 확인을 좀 해봐야겠어. 설마 나를 긴급체포라도 하려고 찾아온 건 아니겠지? 설사 그렇다 하더라도 시간을 조금만 주게. 다음 주에 꼭 경찰서로 갈 테니."

변기호 소장이 자리에서 일어났다. 그의 목소리가 떨리고 있었다. 그는 건강음료를 반 이상 남겨놓고 서둘러 자리를 떴다. 소장의 당황한 태도를 큰별은 처음 보았다. 이번 만남에서 세 사람은 모두 조금씩 놀란 기색이었다.

변기호 소장은 이은성의 사망이 [더 블랙]과 관련이 있다는 것에, 이큰별은 변기호 소장이 그 사실을 정말 몰랐던 것 같아 보여서. 그리고 임은하는 변기호 소장이 생각보다 협조적이고 왠지 나쁜 사람 같지 않아서 놀랐다.

* * *

변기호 소장은 연구실에서 무엇인가 확인하고 급히 재무이사의 방으로 향했다. 변기호 소장의 모니터에는 이은성의 이름과 함께 정확하게 두 단어가 깜빡이고 있었다.

'No signal.'

블랙박스는 없었다.

변기호 소장은 재무이사로부터 이은성 회계사에 대한 이야기를 들을 수 있었다. '휴먼 블랙박스 프로젝트'가 시작되던 시기에 [더 블랙]은 회계감사를 받았다. 그 과정에서 불법적인 후원금과 로비 자금 등에 대한 흔적을 지운 사람이 이은성 회계사였다. [더 블랙]의 어두운 면에 대해서 누구보다도 잘 알고 있는 사람이었다. 그는 [더 블랙]의 회계 감사 이후 많은 돈을 벌었으나, 최근 무리한 사업 확장으로 큰 실패를 한 후, 브라이언 회장을 찾아와 자금 지원을 요청했다. 재무이사는 '자금 지원'이라는 표현을 사용했지만, 재무이사의 표정에서 변 소장은 알 수 있었다. 정확한 표현은 '지원 요청'

이 아닌 '협박'이었단 것을.

이은성이 사망한 날 아침, 변기호 소장은 브라이언 회장의 호출을 받았다. 브라이언은 강남의 오피스텔 주소를 건네주면서 한 남자가 심장마비로 사망했으며 블랙박스에 오류가 있어 제대로 작동하지 않는 것 같다며 경찰에게 조용히 알려주라고 지시했다.

브라이언의 말을 들은 변기호 소장은 정병욱 팀장에게 전화를 걸어 전달받은 오피스텔로 가볼 것을 요청했다. 변 소장은 그저 시키는 일을 할 뿐 아무런 생각도 하지 않았다. 브라이언이 워낙 질문하는 것을 싫어하기도 했고, '블랙박스 오류'라는 말의 의미가 곧 블랙박스 영상의 은닉 시도라는 것을 잘 알고 있었기 때문이었다. 변 소장은 그때 그 오피스텔에서 사망한 사람이 이은성 회계사라는 사실을 이제야 알았다. 브라이언의 함정인 셈이었다.

혼란한 상태로 자신의 연구실로 돌아온 변기호 소장은 윤현태와 양민아의 블랙박스 영상의 로그기록에 접근했다. 'No signal.' 확실히 윤현태와 양민아의 사망 당시 머릿속에 블랙박스는 없었다. 변기호 소장은 직원들의 마지막을 직접 확인하지 않은 것에 대한 후회가 몰려왔다. 큰별에게 큰소리를 치기는 했지만, 분명히 지금 [더블랙]에서는 변기호 소장 본인이 모르는 일들이 벌어지고 있었다.

변기호 소장은 윤현태와 마지막으로 이야기를 나누었던 날의 기억을 떠올렸다.

* * *

평범한 오후였다. 전략기획실 실장 윤현태가 조용히 변기호 소장 연구실 문을 두드렸다. 여자 친구 양민아로부터 블랙박스 영상이 조작된 흔적이 있다는 보고를 받은 직후였다.

"소장님, 클론에 대한 연구는 아직도 계속 진행 중인 건가요?"

윤현태는 변기호 소장의 연구실 문을 닫고 주변을 살피며 조심스럽게 물었다. 변기호 소장의 눈빛이 조금 흔들렸다.

[더 블랙]은 인간의 시청각 신호와 동일한 신호 정보를 만드는 기술, 즉 블랙박스의 영상을 조작하는 실험을 비밀리에 진행했었다. 클론이라고 불리는 이 연구는 [더 블랙]에서 시작되었지만 곧 중단되었고, 현재는 비밀 유지를 위해 회장 브라이언이 차명으로 운영하는 [더 블랙]의 손자회사 [더 박스]에서 진행되고 있었다.

"갑자기 무슨 말을 하는 거죠? 클론에 대한 연구는 이미 중단됐어요. 알고 있잖아요?"

변기호 소장의 표정에서 무엇인가 숨기고 있다는 것을 윤현태는 본능적으로 알 수 있었다.

"단순한 사건이라 주목받지는 못했지만 분명 조작된 영상이었습니다. 저도 눈치채지 못할 만큼 완성도가 높았어요. 저조차도 모르게 조작해야 했던 이유가 있던 건가요?"

변기호 소장은 어떠한 변명도 통하지 않을 것이란 생각에 잠시 망설이다 입을 열었다. 윤현태라면 어쭙잖은 정의감 때문에 회사를 위험에 빠뜨리지 않을 사람이라는 확신이 있었기 때문이다.

"윤 실장도 알다시피, 우리는 항상 새로운 연구를 하고 있죠. 우리가 하는 모든 연구는 궁극적으로 인간이 걱정 없이 살고, 걱정 없이 죽을 수 있게 하기 위한 목적을 가지고 있어요. 그 차원에서 블랙박스도 시작이 된 거고. 그런데 어떤 죽음은 그 원인이 밝혀지면 안 되는 경우도 있죠. 대부분 죽음의 원인을 숨기려는 사람들은 우리가 상상할 수 있는 가장 높은 권력과 맞닿아 있어요. 윤 실장도 이해하리라 생각해요. 윤 실장이 생각한 대로 클론에 대한 연구는 계속되고 있습니다. 하지만 이 사실이 세간에 알려진다면 큰 혼란이 있을 거예요. 특히 우리가 주동자라는 게 알려진다면 [더 블랙] 전체가 위험해질 거예요."

변기호 소장은 윤현태의 표정을 살피며 이야기를 계속했다. 윤현태는 가만히 듣고 있었다.

"클론 연구는 [더 블랙]과는 관계가 없어요. [더 블랙]은 모르는 일이어야 합니다. 모르는 척해요. 다시 말하지만, 만약 이게 세상에 알려지게 된다면 전 세계가 혼란에 빠질 수도 있어요. 혹시 이 일에 대해서 알고 있는 사람이 또 있나요?"

"조작된 영상에 대해서는 양민아 대리와 저만 알고 있습니다. 클론에 대해서는 저만 알고 있고요. 양민아 대리에게는 조작된 영상이 아니라고 이야기하겠습니다. 하지만 근래의 블랙박스 영상에 대해 전수조사를 실시하겠습니다."

윤현태는 영상 조작이 비밀리에 진행되고 있었다는 사실보다도, 그 사실을 본인이 전혀 몰랐다는 부분에 자존심이 상했다. 하지만 아는 것이 많아질수록 위험해진다는 것 또한 잘 알았다. 윤현태는 무슨 일이 벌어지고 있는지 살펴봐야겠다고 생각했다. 자칫하면 자신과 여자 친구가 위험에 빠질 수도 있었다.

* * *

윤현태와 이야기를 마친 변기호 소장은 브라이언 회장을 찾아가 그와 나눈 대화 내용을 보고했다. '이 사실을 알고 있는 것은 오직 윤현태 실장뿐이며, 그는 믿을 만한 사람이니 본인이 잘 관리하겠다'며 브라이언을 안심시켰다. 변 소장의 이야기를 들은 브라이언은 말없이 고개를 끄덕였다. 변기호 소장이 나간 뒤, 브라이언은 비서에게 지시했다. 차분한 말투였다.

"클론은 완벽해질 때까지 사용하지 말라고 전달하세요. 그리고 전략기획실 윤현태 실장에 대해서 조사 좀 해봐요. 윤현태 실장, 양민아 대리, 그리고 변기호 소장 건강검진 일정도 잡아주고."

비서가 나간 후, 그는 변기호 소장이 윤현태 실장과 대화를 나누는 모습을 EP로 바라보며 혼잣말했다.

"역시 사람은 늘 거짓말을 하지. 우리 변 소장님, 퇴직금 빨리 받으시겠네."

* * *

큰별은 사무실로 돌아와 그동안 조사한 자료를 다시 살펴보았다. 이은성의 사건 파일을 보던 큰별은 윤현태, 양민아의 사건 파일을 찾아 펼쳤다. 문득 공통점이 눈에 들어왔다.

'건강검진.'

지금까지는 건강검진의 내용에만 집중해서 미처 몰랐던 사실이었다. 세 사람은 죽기 전 모두 서초센터에서 건강검진을 받았다. 서로 연관 지을 수 없었던 세 사건이 마침내 하나로 연결되는 것 같았다.

큰별은 다급히 서류들을 챙겨 사무실을 나섰다.

* * *

변기호 소장은 불안감에 아무 일도 손에 잡히지 않았다. 그때 큰별에게서 전화가 걸려왔다. 다급한 목소리였다. 그는 다짜고짜 변기호 소장을 회사 앞으로 불러냈다. 큰별을 만나고 돌아온 변기호 소장의 표정은 어두웠다. 그의 손에는 큰별에게서 받은 사건일지가 쥐여 있었다.

'이은성, [더 블랙] 회계감사 진행, 5월 5일(화) 심장마비로 사망, 4월 22일(수) 건강검진(서초센터).'

'윤현태, [더 블랙] 전략기획실 실장, 5월 13일(수) 심장마비로 사망, 5월 8일(금) 건강검진(서초센터).'

'양민아, [더 블랙] 전략기획실 대리, 5월 22일(금) 혈액암으로 사망, 5월 8일(금) 건강검진(서초센터).'

건강검진 장소가 빨간 밑줄로 강조되어 있었다. 변기호 소장은 비서를 불러 전체 직원들의 건강검진 일정을 가지고 오라고 지시했다. 비서가 가져온 건강검진 일정표를 받아 든 그의 손이 세차게 흔들리기 시작했다. 지난주 서초 건강검진센터에서 검진을 받은 직원은 본인을 포함해서 세 명이었다. 그는 떨리는 손으로 자신의 블랙박스 상태를 확인했다. 모니터에서는 자신의 이름과 함께 뚜렷한 두 단어가 깜빡이고 있었다.

'No signal.'

* * *

2048. 12. 28. 월요일. IBS Headline NEWS

오늘의 헤드라인입니다.

지난해 말부터 이어지고 있는 서울 서남부 부녀자 연쇄살인 사건에 대해 경찰에서는 아직도 갈피를 잡지 못하고 있습니다. 지난주, 20대 여성이 실종 3일 만에 시신으로 발견되면서 8번째 피해자로 기록되었는데요. 이에 따라 경찰에 대한 지탄이 이어지는 동시에 블랙박스 이식을 의무화하라는 국민 청원이 100만 명 이상의 동의를 받았습니다.

이에 여야는 공동으로 블랙박스 이식을 의무화하는 '블랙박스 특별법'을 발의하기로 뜻을 모았습니다. 현재까지 자의로 블랙박스를 이식한 인구는 국내 5% 정도로 집계되었습니다.

날이 갈수록 심각해지는 고독사와 콜드케이스 문제를 블랙박스로 해결할 수 있을 것이라는 시민들의 기대에 과연 이번 정부가 얼마만큼 부응할 수 있을지 기대해봐야겠습니다.

고백

　밤늦은 시간, 은하와 고운은 어김없이 신촌의 껍데기 집에서 이야기꽃을 피우고 있었다. 함께 일하기로 하면서 할 이야기가 더 많아졌다. 통화도 매일 하기는 하지만, 전화로 하는 이야기는 만나서 할 이야기에 전혀 영향을 미치지 못했다. 평범한 20대 여자들의 술자리 대화가 그렇듯 패션, 음식, 음악, 남자 이야기 등 일상적인 소재로 시작된 이야기는 자연스럽게 함께 기획하고 있는 [더 블랙] 사건에 대한 이야기로 이어졌다.

　은하는 그동안 새롭게 쓰기 시작한 소설의 내용을 말해주었다. 소설 속에서는 세 명이 죽었고, 모두 머리에 블랙박스가 없었다. 진실을 파헤치는 경찰과 방송국 PD는 사랑에 빠졌다. 고운은 자신이 제안하기는 했지만, 은하가 드디어 소설의 방향을 잡은 것이 그저 기뻤다. 고운은 뿌듯한 마음으로 흥미진진하다며 칭찬했다.

"재미있어, 은 작가! 잘하고 있어! 그런데 이거, 방송까지 갈 수 있을까?"

갑자기 심각한 표정으로 바뀐 고운이 물었다. 은하는 바로 전날 자신이 큰별에게 해주었던 이야기를 똑같이 고운에게 해주었다.

"해볼 만한 가치가 있다는 생각이 들면, 너도 해야 할 일을 해. PD로서 해야 할 일. 방송되고 안 되고는 높으신 분들이 고민해야 할 일이잖아! 만약에 안 된다면…… 드라마국으로 옮겨서 내가 쓴 소설로 드라마나 만들어주라."

고운은 퇴직 후 처음으로 보는 친구 은하의 당차고 밝은 모습에 바로 기분이 좋아졌다. 은하의 말대로 우선 '하는 데까지만 해보자' 라고 다짐한 고운은 [더 블랙]에 대한 방송이 나가고 난 후 이 자리 에서 은하와 뒤풀이를 하는 모습을 상상했다.

* * *

이틀 뒤, 고운의 회사로 변기호 소장이 찾아왔다.

"임은하 작가를 만나러 왔습니다."

그런 사람이 없다는 안내데스크 직원과 실랑이하는 변기호 소장을 발견한 고운은 그를 데리고 회의실로 들어갔다. 역시나 변기호 소장은 은하의 명함을 보고 고운의 사무실로 찾아온 것이다. 은하는 아직 정식 출근을 하지 않은 상태였다. 고운은 변기호 소장에게 은하가 프리랜서라 안내데스크에 직원등록이 되어 있지 않다고 둘러대고는 은하에게 전화를 걸었다. 고운의 전화를 받은 은하는 한달음에 고운의 사무실로 달려왔다.

"소장님, 안녕하세요? 여기는 무슨 일로……."

은하는 숨을 몰아쉬며 말했다. 화장기 하나 없이 급히 나온 티가 역력한 은하에게 변기호 소장은 웃으며 앞에 있는 잔을 건넸다. 은하의 숨소리가 차분해지는 것을 확인한 변기호 소장은 고운과 은하를 번갈아 쳐다보고는 이야기를 시작했다. 긴 이야기였다. 변기호 소장의 입을 통해 듣게 된 진실 앞에서 고운과 은하는 그 끝을 짐작할 수 없었다.

"저는 [더 블랙]에서만 30년 가까이 일했습니다. 많은 일들이 있었지요. 처음부터 확신이 있었던 것은 아니었어요. 하지만 선대 회장과 브라이언 회장을 믿기로 했죠. 선대 회장은 과학자로서 [더 블랙]의 기반을 만들었고, 브라이언 회장은 선대 회장이 만든 가능성을 모두 현실로 만들어줬어요. 덕분에 그때는 상상할 수 없었던 일들이 지금은 모두 현실이 되었죠. 사람의 뇌에는 모두 블랙박스가 있고, 사람들은 '의문사'니 '고독사'니 하는 말을 더 이상 쓰지 않게 되었어요. 우리는 모두 세상이 좋아졌다고 생각했어요. 그 과정에서 불법적인 일들이 많았던 것도 사실이에요. 브라이언 회장은 불법적인 로비도 많이 했고, 윤리적으로 문제가 될 만한 실험들도 계속했습니다. 물론 그것들이 잘못되었다는 것을 우리도 알고는 있었지요. 하지만 좋은 세상으로 가는 과정일 뿐이라고 생각했어요. 무슨 일이든지 희생은 필요한 법이니까요. 그리고 그것들을 도와주는 수많은 권력이 있었어요. 그래서 우리는 스스로 좋은 일을 하고 있다고 생각했습니다. 하지만 불법적인 일에는 책임이 따랐어요. 우리에게 도움을 준 사람들에게 보답해야 할 일들이 생겼지요. 그럴 때마다 적당히 보답했어요."

그의 말은 충격적이었다. 검찰의 권력은 기소하는 것에서 나온다. 하지만 기소하지 않는 것은 부를 누릴 수 있게 해준다. [더 블랙]과 브라이언도 마찬가지였다. 블랙박스 영상을 공개하면서 부와 명예를 갖게 되었고, 블랙박스 영상을 감추면서 권력을 가질 수 있다는 것을 알게 되었다. [더 블랙], 특히 브라이언에게 더 이상의 부나 명예, 그리고 권력은 필요 없을지도 모른다. 하지만 하늘을 계속 날기 위해서는 비행기의 연료는 계속 보충되어야만 했다. 합법적이고 윤리적인 방식으로만 연료를 채우는 것은 한계가 있었다. 그래서 브라이언은 방법보다는 목표를 최우선의 가치로 여기고, 오직 스스로 생각하는 좋은 세상을 만들기 위해 수단과 방법을 가리지 않는 길을 선택했다. [더 블랙]은 자신이 만든 블랙박스 영상을 조작하려는 시도를 계속했고, 블랙박스 교체도 계속 테스트했다. 그래서 결국 아무런 문제없이 블랙박스를 제거하고 다시 이식할 수 있을 만큼의 기술을 확보했고, 블랙박스 영상을 완벽하게 조작할 수 있는 날도 눈앞에 와 있었다.

은하와 고운은 변기호 소장의 말을 숨죽여 듣고 있기만 했다. 그는 입이 마르는지 연신 물을 마셔가며 이야기를 계속해 나갔다.

"[더 블랙]의 다음 목표는 사람의 수명을 정확하게 예측하는 거예요. 죽기 전까지 사람들이 불필요한 노력을 하지 않게 하기 위해서죠. 사람이 내가 살날이 정확히 얼마 남았다는 것을 알게 되면 어떻게 될까요? 기독교에서는 신에 대한 도전이라고 하지만, 브라이언은 자신이 살아가야 하는 날만큼만 열심히 살면 되는 안정적인 삶이 될 거라고 주장했죠."

은하는 변기호 소장이 솔직하게 말해주는 이유를 도무지 알 수가 없었다. 지난번에 만났을 때는 [더 블랙]을 변호하던 그였다.

"그런데 이런 이야기들을 왜 저희에게 해주시는 거죠?"

은하의 질문에 변기호 소장이 답을 했다.

"[더 블랙]은 명실상부 현존하는 최고 권력이에요. 두 분도 아시겠지만, [더 블랙]을 무너뜨릴 수 있는 권력은 최소한 이 나라에는 없어요. 저도 너무 잘 알고 있죠. 그래서 아마도 경찰이나 검찰은 도움이 되지 않을 겁니다. 그들은 [더 블랙]이 어떻게 해서든 막을 거예요. 하지만 여론은 다르죠. 임은하 작가의 명함을 보고는 생각했어요. 여론을 만들 수 있는 사람이겠구나…… 알아보니 얼마 전 의료사고 문제에 대한 방송에서 의료법 개정을 통해 의사들의 블랙박스 영상을 공개해야 한다고 주장했던 프로그램이더군요. 그 방송이 나가고 브라이언은 몹시 화를 냈었습니다. 혹시 모를 여론의 움직임이 두려웠던 거예요. 두 분이 방송으로 이 일을 세상에 알려주셨으면 좋겠습니다. 대중들에게."

변기호 소장은 [더 블랙]의 힘을 잘 알고 있었다. 자신은 물론 그 누구도 쉽게 이길 수 없다는 것도. 하지만 이미 한 번 방송을 내보낸 사람들이라면 두 번도 할 수 있을 거란 기대를 하는 듯했다.

변기호 소장의 이야기로 많은 것이 더욱 확실해졌다. 하지만 양민아에게 들은 이야기와 크게 다르지 않았다. 은하는 변기호 소장의 이야기를 들으면서 이해할 수 없는 부분에 관해서 물었다. 그것은 '사인'이었다. 현태를 포함한 죽은 이들의 사망 원인은 모두 '병사'였다.

변기호 소장은 또다시 충격적인 이야기를 늘어놓았다.

"의학은 병으로부터 사람을 지키기 위해서 발전해왔어요. 지금의 의학은 거의 모든 병을 완치할 수 있게 되었죠. 병을 완치하게 되었다는 것은 병의 원인을 정확히 알게 되었다는 말과 같아요. 병의 원인을 정확히 알게 되었다는 것은 그 병을 인위적으로 만들 수도 있다는 말이죠. [더 블랙]이 만들지 못하는 병은 없어요. 아까 말한 수명에 관한 연구…… 그것의 핵심은 더 이상 사람을 오래 살 수 있게 하는 게 아니에요. 사람이 자연스럽게 더 빨리 죽도록 죽음을 컨트롤하는 것이죠. 지금 인간의 평균 수명은 110세예요. 너무 길지요. 노인이 가득한 나라를 원하는 권력층은 없어요."

소름 끼치는 일이었다. 그 누구도 상상하지 못할 법한 이야기를 들으며, 고운과 은하는 어떤 말도 꺼낼 수가 없었다. 당황한 둘과 대비되는 무덤덤한 표정으로 변기호 소장은 말을 이어갔다.

"브라이언은 냉정한 사업가입니다. 아무도 믿지 않지요. 만약 브라이언이 저를 믿었다면, 저는 지금 이 자리에 있지 않았을 겁니다. 여러분들에게 이런 이야기들을 늘어놓는 일은 없었겠죠. 브라이언과 함께 계속 세상을 더 좋게 바꾸는 것만 생각했을 거예요. 저는 [더 블랙]에, 아니, 정확하게는 브라이언에게 신뢰받고 있다고 생각하며 27년을 일했습니다. 하지만 아니었어요. 그들에게는 나역시도 너무 많이 알면 안 되는 사람이었을 뿐이죠. 그런 냉정함이 [더 블랙]을 더 무섭게 만드는 거예요. 저는 아마 죽을 겁니다. 곧 살해당할 거예요. 하지만 자연스럽게 살해당하겠죠. 이미 저의 머리에는 블랙박스가 없어요. 그걸 확인하고 왔지요. 아마도 지금부터 내가 할 수 있는 일은 없을 거예요. 오직 하나, [더 블랙] 밖에서 죽는 일. 그래서 최소한 나에게 블랙박스가 없다는 것을 누군가가 의심하게 만드는 일. 그것 말고는 할 수 있는 일이 없어요. 여러분은 제가 해준 이야기를 꼭 세상에 알려주세요. 그게 제가 찾아온 이유입니다. 시간이 얼마가 걸리더라도, 꼭 해주세요."

말을 마친 변기호 소장은 가방에서 작은 유리병을 꺼내 고운에게 건넸다. 발암균이라고 했다. 20밀리리터의 작은 병에는 투명한 액체가 담겨 있었다. 평범해 보이는 액체에는 치명적인 암을 유발하는 세균이 들어 있다고 했다. 이 작은 병 하나면 24시간 후 손쓰지 못할 정도의 암세포가 전이되어 죽음에 이르게 된다는 것이다.

고운은 병을 만지는 것도 무서운 듯 병을 테이블 위에 내려놓고 바로 손을 소독제로 씻었다. 자기의 죽음을 이미 받아들인 것만 같은 변기호 소장의 표정은 무거운 비밀을 혼자 간직해오다 털어놓은 사람처럼 후련해 보였다. 하지만 그는 연신 땀을 흘리고 있었고, 그가 입고 있는 여름용 터틀넥은 에어컨이 열심히 돌아가고 있음에도 불구하고 땀자국이 선명했다.

은하와 고운은 한동안 아무 말이 없었다. 변기호 소장은 조용히 둘과 눈을 맞추었다. 회의실을 나서는 소장의 뒷모습이 마치 집행을 앞둔 사형수의 그것과 같았다.

더 블랙

[더 블랙]은 지금의 회장 브라이언의 아버지 이대형 박사가 설립한 회사다. 이대형 박사는 세계 최고의 권위를 인정받던 뇌 과학자였는데, 소수의 전 세계 천재 과학자들로 구성된 연구 클럽에서 시작된 '인간 기억 및 시청각 정보 저장과 관련된 연구'의 상용화에 성공하여 [더 블랙] 연구소를 설립했다. 그로부터 10년 동안 이대형 박사는 [더 블랙]을 세계적인 뇌 과학 기반의 연구소로 키웠다. 뿐만 아니었다. 연구소로서 권위를 갖게 되자 내로라하는 인재들을 모으기는 쉬웠다. [더 블랙]은 곧 뇌과학뿐만 아니라 과학과 의학 전 분야에 걸쳐 최고 인재들이 모인 종합 연구소가 되었다.

정부의 막대한 지원에 힘입어 [더 블랙]을 만들고 키워온 것은 이대형 박사이지만, 지금의 대기업 [더 블랙]을 만든 건 브라이언 회장이다. 그는 과학자가 운영하던 연구 기반의 연구소를 경영자가 운영하는 사업 기반의 회사로 탈바꿈시켰다. [더 블랙]이 인간의 시청각 정보 저장과 재생 관련 기술을 개발하여 상용화에 성공한 후, 전 세계에 블랙박스를 보급할 수 있었던 것은 브라이언의 인맥과 로비, 그리고 성공을 위해서는 물불을 가리지 않는 추진력이었음을 모두 인정하고 있었다.

어려서부터 브라이언 주변에는 항상 많은 사람이 있었다. 이대형 박사 덕분이었다. 하지만 그 사람들을 자기 사람으로 만든 것은 오롯이 브라이언의 능력이었다. 브라이언은 심리학 박사였던 어머니 덕분인지 사람을 대하는 법에 능통했다. 상대가 원하는 것을 정확하게 파악할 수 있었고, 자연스럽게 자기 편으로 만드는 법을 잘 알았다. 또한 브라이언은 자기 편이 된 사람을 적극적으로 활용할 줄 알았다.

[더 블랙]은 연구소에서 벗어나 바이오 기반의 거대 기업으로 자리매김했다. 이 과정에서 동물이나 인간을 상대로 한 불법적이고 비윤리적인 실험과 전 세계 부호들의 자금적인 지원이 있었음은 공공연하게 알려진 사실이지만, 이것에 대해서 본격적인 조사가 이루어진 적은 없었다. [더 블랙] 뒤에는 소위 어둠의 후원자들이 있었

다. 그들은 각 나라의 최고 권력자, 대부호들이었으며, 그들은 [더 블랙]의 기술로 더 큰 부와 권력을 갖게 되었다. 그들에게 [더 블랙]은 아주 쓸모가 많은 파트너였다. 이렇게 [더 블랙]이 이뤄 놓은 기술과 인프라는 사회적으로 무너져서는 안 될 필수 불가결한 생태계가 되었다.

[더 블랙]을 이끄는 브라이언 회장은 냉철한 사업가였지만, 신입 직원과도 커피를 마시며 업무 외의 이야기를 편하게 나눌 정도로 격의 없이 사람을 대했다. 더불어 사회적 약자에게 직접 손을 내미는 선한 이미지의 사람으로 알려져 있었다. 각종 미담이 넘치는 현시대에서 가장 존경받는 인물이 바로 브라이언이었다.

여러 인터뷰에서 밝힌 [더 블랙]의 목표는 정확한 인간 수명의 예측이었다. 죽음이 두려운 이유는 언제 죽을지 모른다는 것이라며, 사는 동안 행복한 삶을 위해 죽음의 시기를 예측할 수 있는 시스템을 만들 것이라고 단언했다. 이 역시도 기독교 등 종교 단체에서는 [더 블랙]이 신의 영역까지 노리고 있다며 반대하고 있다. 블랙박스가 세상에 처음 나왔을 때와 똑같은 반응이다. 이런 반대에도 불구하고 브라이언 회장은 블랙박스의 성공 사례를 바탕으로, 그들을, 아니 결정권을 가진 세계의 권력자들을 움직일 수 있다고 확신하고 있었다.

* * *

변기호 소장과 헤어진 후, 둘은 고운의 집으로 가서 밤새 브라이언 회장에 대해 조사했다. 인터넷을 뒤지며, 찾아낼 수 있는 모든 정보를 모았고, 메모해둔 변기호 소장의 말과 대조했다. 조사하면 할수록 모든 음모의 핵심에는 브라이언 회장이 있다는 확신이 들었다. 은하는 그를 만나야겠다고 다짐했다.

"나, 아무래도 브라이언 회장을 만나봐야겠어."

은하가 기지개를 켜며 말했다. 맞은편에서 모니터를 쳐다보고 있던 고운이 안경을 벗으며 말했다.

"어떻게? 그렇게 높은 사람을 직접 만날 수 있을까? 홍보팀을 통해서 연락해 봤자 안 될 게 뻔한데. 그리고 직접 만나는 건 위험하지 않을까?"

고운은 입술을 삐죽 내밀고 은하를 바라보았다. 지금까지 조사한 자료들은 변기호 소장의 말이 거짓말일 리 없다는 것을 보여주고 있었다. 그렇다면 브라이언은 위험한 사람임이 틀림없었다. 고운은 은하가 자기와 같은 자료를 보고 있는 건지 궁금했다. 은하의 표정에서 두려움이라고는 보이지 않았고, 그저 호기심만 가득해 보였다.

"너는 궁금하지 않아? 소장님의 말이 정말 사실인지. 그리고 이

더 블랙

미 브라이언 회장의 최측근을 통해 연락처는 확보해뒀어."

은하는 활짝 웃으며 변기호 소장에게 온 메시지를 자랑스럽게 보여줬다.

'bbb@bbb.com. 공식 인터뷰는 홍보팀으로 토스될 거예요. 개인적으로 흥미를 느낄 만한 내용으로 메일을 보내면 만나는 것은 어렵지 않을 겁니다.'

브라이언의 이메일 주소를 알게 된 은하는 자리에서 일어나 베란다로 나가 새벽 공기를 쐬며 어떻게 해야 브라이언이 자신을 만나고 싶어 할지 고민했다. 고운은 은하를 걱정스러운 표정으로 바라보았다. 속으로는 은하가 브라이언을 만날 수 없기를 바랐다.

* * *

"여기까지가 저희가 조사한 내용이에요. 위에서 막힐 수도 있고, 검찰에서 막힐 수도 있고, 검찰에서 기소한다고 해도 법원에서 무혐의가 나올 수도 있겠죠. 다 각오하고 있어요."

변기호 소장을 만나고 돌아온 큰별은 훈직과 함께 정병욱 팀장에게 사건에 대해 자세히 보고했다. 확실한 물증은 없었지만, 정황증거는 가득했다. [더 블랙]과 관계가 있는 세 사람이 모두 죽기 직전 서초센터에서 건강검진을 받았다는 점과 변기호 소장의 반응,

그리고 이은성 회계사의 사망 시각. 이 정도면 작은 물증만 확보해도 검찰이 적극적으로 나설 것이라는 생각이 들었다.

"너희, 자신 있지? 잘못되면 잘리는 선에서 끝나지 않을 거야. 어쩌면 죽을 수도 있어. 상대는 [더 블랙]이다. 우리 경찰 조직도 이미 관여된 사건이다. 물증. 가능할지 모르겠지만 최소한 블랙박스와 싸워볼 만한 확실한 증거가 필요하다는 건 말하지 않아도 알지? 진짜 확실한 걸 찾을 때까지는 서장님한테도 말하지 않을 거니까. 한 번 해봐. 다음 일은 물증을 찾은 다음에 고민하자!"

정병욱 팀장은 깊은 한숨을 내쉬면서 큰별의 얼굴을 바라보았다. 큰별의 얼굴에는 자신감이 가득했다.

"네. 우선, 서초센터로 가서 세 명의 건강검진에 참여했던 사람 중 특이한 이력이 있었는지 조사해볼게요. 도난 사건으로 둘러대면 자료 뒤지는 부분은 협조할 거예요."

팀장의 허락에 힘을 얻은 큰별은 훈직의 어깨를 툭 치며 나오라는 사인을 보냈다. 팀장은 서둘러 방을 나가려는 큰별과 훈직을 불러 세우고 조용히 말했다.

"여기까지 온 것만으로도 수고 많았다. 그리고, 조심들 해라."

팀장의 무뚝뚝한 말에서는 진심이 느껴졌다.

* * *

　서초 건강검진센터에서 큰별은 자신이 동경하던 옛날 영화 속의 경찰이 된 것만 같았다. 마치 할아버지가 그랬듯 발로 뛰는 탐문 수사. 큰별은 지난 두 달간의 출입 일지를 모두 살펴보고, 검진센터 출입구의 모든 CCTV를 일일이 살펴보았다. 할아버지의 무용담이 생각났다. 눈이 빠질 듯 아팠지만 힘들지는 않았다. 큰별은 이제야 자신이 진짜 경찰이 되었다고 느꼈다.

　생각보다 일이 쉽게 풀렸다. 이은성, 윤현태, 양민아의 건강검진에 참여했던 의료진 중 외부인 둘의 흔적이 남아 있었다. 큰별과 나누어 CCTV를 살펴보던 훈직은 그들이 다른 사람의 건강검진에도 참여한 기록을 발견했다. 그들이 죽은 세 사람의 건강검진 외에 다른 두 건의 건강검진에도 참여했던 것이 드러났다.

　'변기호', 그리고 '임은하'.

　훈직이 넘겨준 기록을 살피던 큰별의 표정이 한순간에 굳어졌다. 다른 것은 보이지 않고, 은하의 이름만이 선명하게 눈에 들어왔다. 믿기지 않는 모습에 CCTV와 출입 기록을 다시 확인했다. 자신이 알고 있는 은하가 확실했다. 바로 변기호 소장과 은하에게 전화를 걸었지만, 모두 전화를 받지 않았다. 큰별은 달려 나갔다. 영문도 모른 채 뛰쳐나가는 큰별을 훈직도 따라나섰다. 큰별은 훈직에게 소리쳤다.

"훈직아! 저 새끼들 빨리 잡아야 해!"

큰별과 훈직이 탄 차는 [더 블랙] 본사로 향했다.

＊ ＊ ＊

[더 블랙]으로 향하는 차 안, 큰별은 검진센터에서 확인한 외부인 두 명의 CCTV 영상을 정병욱 팀장과 신우택에게 보냈다. 신우택은 그들의 신원을 확인해 다시 송부했다.

'[더 박스] 소속 원형민(23), 박현우(23).'

큰별은 [더 블랙] 입구 앞에 급하게 차를 대고는 로비로 뛰어갔다. 훈직이 뒤따랐다. 안내데스크를 지나 엘리베이터를 타기 위해 출입증을 찍고 게이트를 통과할 때, 경비 두 명이 막아섰다. 큰별이 가지고 있던 총 때문에 게이트에서 경보가 울린 탓이었다. 큰별은 총을 꺼내 들고는 사납게 말했다.

"경찰이니까 건드리지 말아요!"

훈직은 큰별의 생소한 모습을 신기한 듯 바라보다 큰별을 막아서며 말했다.

"선배, 우선 들어가야 하잖아요. 총기는 맡겨두고 들어가죠."

큰별은 쉽게 흥분이 가라앉지 않는 듯, 거친 숨을 내쉬고 있었다.

훈직이 총을 잡은 큰별의 손을 아래로 내리자 그제야 총을 훈직에게 건네고 정신을 차리려는 듯 두 손으로 자기 얼굴을 세게 쳤다.

21층으로 향하는 엘리베이터에서 훈직은 큰별의 어깨를 잡고 진정시켰다. 훈직은 마치 큰별이 지금까지 알던 것과는 완전히 다른 사람이 되어버린 것 같았다.

"원형민, 박현우, 이 새끼들 지금 어디 있어? 이 새끼들 뭐 하는 놈들이야?"

엘리베이터에서 내린 큰별은 다짜고짜 소리쳤다. 사무실 안의 직원들은 놀란 표정으로 큰별을 바라보고만 있었다. 그때, 참고인 조사에서 만났던 최민하 과장이 자신의 방 앞에서 고개를 내밀고 있는 게 큰별의 눈에 들어왔다. 큰별은 바로 최민하 과장에게 달려가 멱살을 잡고 그를 방으로 데리고 들어갔다. 큰별은 최민하 과장을 자리에 앉히고 물었다.

"4월 22일 이은성, 5월 8일 윤현태, 양민아, 5월 15일 변기호, 임은하! 이 사람들 검진한 이 새끼들 뭐냐고?"

"왜 이러세요? 저는 정말 아무것도 몰라요."

큰별의 힘에 밀린 의자는 큰 소리를 내며 벽에 부딪혔다. 최민하 과장은 의자에 앉아 온몸을 부르르 떨고 있었다. 그는 정말 아무것도 모르는 표정이었지만 큰별은 재차 물었다. 훈직은 방문 앞에서 다른 직원들을 안심시키려 애쓰고 있었다. 사람들은 최민하 과장의 방 앞으로 모여들어 있었다.

큰별은 최민하 과장의 겁먹은 표정을 보며 한숨을 내쉬었다. 그러고는 주변을 살피고 최민하 과장에게만 들리는 목소리로 조용히 말했다.

"잘 들어! 이 사람들 [더 박스] 소속이야. 다섯 명의 건강검진에 의료인 면허도 없이 불법으로 참여했어! [더 박스]가 뭐 하는 곳이야?"

최민하 과장은 생각이 떠오른 듯 눈을 아래로 떨구며 말했다.

"[더 박스]라면 아마도 개발자들일 거예요. 그 이상은 정말 아무것도 몰라요."

큰별이 최민하 과장과 이야기를 나누고 있을 때, 문 앞에 있던 훈직이 정병욱 팀장으로부터 걸려온 전화를 받았다.

"네! 네? 네!"

훈직은 전화를 끊고는 방문을 열고 큰별을 바라보며 떨리는 목소리로 말했다.

"선배, 변기호 소장이 변사체로 발견되었대요. 유서도 발견됐고. 지금 속보로 떴다고……. 그리고 팀장님이 원형민이랑 박현우를 체포해서 경찰서로 가고 있대요."

큰별은 하늘이 노래지는 것 같았다. 자기 생각이 맞아 들어가고 있는 것에 대한 두려움이었다. 변기호 소장이 죽었다는 이야기가 마치 '임은하도 죽을 거야', 그런 말처럼 들렸다. 그래도 원형민과 박현우를 잡았다고 하니 조금은 안심이 됐다.

큰별은 두 손으로 얼굴을 비비며 정신을 차리려고 애썼다. 그러곤 크게 심호흡하고 최민하에게 물었다.

"들었지? 그 새끼들한테 건강검진을 받은 다섯 명 중에 네 명이 죽었어. 그 새끼들이 블랙박스 없애고 무슨 짓을 했는지 알아야 해. 안 그러면 한 명 더 죽어!"

이제 최민하 과장은 거의 울먹이며 말했다.

"저, 저는, 정말 아무것도 몰라요. 이직한 지 한 달밖에 안 되었다고요."

훈직은 큰별을 끌고 가 사무실 한편에 있는 소파에 앉혔다. 그러고는 최민하 과장에게 다가가 양해를 구하고, 원형민, 박현우의 블랙박스 영상을 요청했다. 최민하 과장은 전화 통화를 몇 번 하더니, 본인의 자리에서 블랙박스 영상을 추출해주었다. 긴급체포 시 용의자의 블랙박스 영상은 영장 없이 경찰의 판단으로도 확인할 수 있었다.

큰별과 훈직은 블랙박스 영상 파일을 챙겨 급히 경찰서로 향했다. 경찰서로 향하는 중에도 큰별은 은하에게 계속 전화를 걸었지만, 은하의 전화기는 꺼져 있었다.

그 시각 은하가 같은 건물 펜트하우스에서 브라이언을 만나고 있는 것을 큰별은 알지 못했다.

* * *

　[더 블랙]으로 향하는 차 안에서 큰별은 정병욱 팀장에게 신우택으로부터 받은 신원을 전달했다. 정병욱 팀장은 곧바로 [더 박스] 사무실에서 원형민과 박현우를 의료법 위반으로 긴급 체포했다. 정병욱 팀장은 원형민과 박현우를 연행해 피의자 조사를 시작했다.

　"지시받은 일을 했을 뿐입니다. 건강검진 인력이 부족하다고 도와주라고 해서 도와줬을 뿐이라고요."

　그들은 약속이라도 한 듯 같은 말만 되풀이하고 있었다. 의료인 면허 없이 건강검진에 참여한 부분에 대해서 쉽게 자백했지만, 블랙박스를 제거한 일에 대해서는 입을 열지 않았다. [더 블랙]에서 받은 그들의 블랙박스 영상에는 그들이 블랙박스를 검사하는 모습까지는 포함되어 있지 않았다. 영상에는 그들이 다섯 명의 건강검진에 참여한 모습만 기록되어 있었다.

* * *

　2049. 1. 13. 수요일. IBS Headline NEWS

오늘의 헤드라인입니다.

드디어 오늘, 전 국민에게 블랙박스 이식을 의무화하는 '블랙박스 특별법'이 국회 본회의를 통과했습니다. 전 국민 의무화는 세계 최초입니다. 미국과 일본, 독일 등 16개국은 2년 뒤부터 시행하기로 했죠.

내년 1월 1일부터 1년 동안 전 국민은 블랙박스를 무료로 이식받을 수 있게 됩니다. 이후에는 자기 부담금이 일부 발생하고, 2년 안에 이식하지 않을 경우 벌금이 부과됩니다.

앞서 [더 블랙] 브라이언 회장이 기자회견을 통해 연간 3조 원을 국민의 개인정보와 사생활 보호를 위해 사용하겠다고 발표했는데요. 특별법에는 이 내용도 포함이 되었습니다. 뿐만 아니라, 특별법에는 블랙박스 영상의 추출과 재생에 대한 범위와 제한사항 등을 상세하게 다루고 있어 우려를 표하던 종교단체와 시민단체에서도 이번 특별법에 대해서는 환영의 뜻을 밝혔습니다.

IBS에서 자체 진행한 여론조사 결과 블랙박스 의무화에 대한 찬성 의견은 82.8%로 압도적이었고요. 답변한 시민들은 대부분 블랙박스 이식이 의무화된다면 고독사와 의문사 그리고 장기미제 사건, 즉 콜드케이스 문제가 해결될 것이라고 기대하고 있었습니다.

BBB

창밖으로 서서히 어둠이 걷혀가고 있는 새벽. 은하가 침대에 누워 핸드폰으로 이메일을 확인했다. 그리고 벌떡 일어나 소리쳤다.

"왔어!"

역시 잠에 들지 못했던 고운은 깜짝 놀라 일어나 앉아 은하의 핸드폰 화면을 향해 몸을 기울였다.

'보낸 사람: BBB'

Black Box Bryan. 브라이언이었다.

'임은하 작가님의 이야기가 흥미롭네요. 바로 만나고 싶습니다.'

짧은 답장이었다.

"도대체 뭐라고 보냈길래 이렇게 바로 답장이 온 거야?"

"늘 그렇듯이 정공법. 지금까지 쓴 소설을 보냈어. 마지막 이야기는 만나서 들려주고 싶다고."

은하는 어깨를 으쓱하며 자랑스러워했다.

"은 작가, 생각지도 못한 방법이네. 그런데 그걸 보고 바로 만나자는 연락이 왔다고?"

고운은 흥분한 은하를 보며 불안함이 몰려왔다. 고운은 시사 고발 프로그램을 담당하면서 어떤 진실을 알고 있는 사람이 그것을 감추려는 사람에게는 불편할 수밖에 없다는 것을 경험에 의해 알고 있었다. 그리고 그런 경우 대부분 진실을 알고 있는 사람은 위험에 빠지기 마련이었다.

"은하야, 이렇게까지 할 필요가 있을까? 네가 진짜로 원하는 게 뭐야? 방송을 위해서라면 이렇게까지 하지 않아도 돼. 조금 천천히 안전한 방식으로도 얼마든지 할 수 있을 거야."

고운은 걱정스러운 표정으로 말했다. 하지만 은하는 고운의 말에 전혀 귀 기울이고 있지 않았다. 고운은 자신이 괜히 방송을 같이 준비하자고 해서 은하가 이 사건에 더욱 깊이 얽혀버렸다는 후회가 들었다. 고운은 무슨 옷을 입고 갈지 서성이는 은하를 침대에 앉히고 두 손을 세게 잡았다.

"브라이언 만나지 말자. 넌 경찰도 아니고, 정의를 위해서라면 죽음 따위 두렵지 않다는 신입 사회부 기자도 아니잖아. 아니, 설사 네가 경찰이고 기자라고 하더라도 브라이언을 만나서 할 수 있는 건 없어. 그리고 할 수 있는 게 있다고 하더라도 굳이 네가 할 필요도 없고."

그러나 고운의 얼굴을 바라보다 은하는 고개를 가로저었다.

"고운아, 진실을 밝히고 정의를 바로 세우겠다는 거창한 생각에 이러는 게 아니야. 물론 방송도, 소설도 중요하지만, 그보다 더 중요한 건 현태 씨의 죽음에 대해서 정확하게 알고 싶은 거야. 만약에 내가 죽었는데, 누군가가 내 죽음에 다른 이유가 있다고 한다면 넌 가만히 있을 수 있어? 그리고 브라이언 같은 사람이 나같이 힘없는 사람한테 무슨 짓을 하기야 하겠어?"

은하의 눈빛은 단호했다. 이런 표정의 은하를 말릴 수 없다는 것을 고운은 잘 알고 있었다. 은하는 어떤 일을 결심할 때까지는 고민을 많이 했지만, 일단 결심한 일 앞에서는 늘 이런 표정을 지었다. 그리고 절대 결심을 돌리지 않았다. 하지만 지금의 상황은 옷이나 식당을 고르거나, 회사를 그만두는 것과는 차원이 다른 문제였다. 고운은 다시 한번 은하를 설득하려 애썼다.

"네 마음은 알겠어. 그런데 그냥 여기까지만 하자. 나 무서워. 네가 잘못될까 봐."

은하는 울먹이는 고운을 안아주며 말했다.

"고운아, 난 인생이 확률이라고 생각해. 너도 알겠지만, 지금까지 난 운이 없었어. 그 흔한 로또 5등에도 당첨되어 본 적이 없잖아. 그런데 반대로 생각해 보면, 그렇게 최악도 아니었어. 누군가에게 살해당할 만큼 내가 운이 없다고 생각하지는 않아. 그러니 너무 걱정하지 마."

낙관적인 은하를 보며, 고운은 체념하듯 낮은 목소리로 부탁했다.

"그러면 그 형사한테라도 말하자. 응? 너 혼자는 너무 위험해."

은하는 밤낮없이 수사에 매달리고 있을 큰별의 얼굴을 떠올렸다. 그리고 이내 고개를 가로저었다.

"경위님도 지금 경찰로서 최선을 다하고 있을 거야. 지금 브라이언 회장을 만나는 건 내가 해야 할 일인 것 같아. 경위님한테 도움을 청하는 것은 그다음에. 그리고 이미 브라이언 회장과 약속 시간도 정했는 걸? 이제 준비해야 해. 그러니 고운 PD님도 얼른 출근 준비나 하세요!"

은하는 어느새 일어나 옷을 입고 나갈 준비를 하고 있었다. 브라이언과의 약속 시간 전에 집에 들러 옷을 갈아입고, 화장도 하려면 시간이 빠듯했다. 자신감 넘치는 은하와 달리 고운은 계속 무서운 생각을 떨쳐낼 수 없었다. 하지만 이내 은하의 표정을 믿어보기로 했다. 고운은 밤새 펼쳐놓은 자료들을 챙겨 가방에 넣고 있는 은하에게 다가가 새끼손가락을 내밀며 말했다.

"너 직장인인 거 알지? 아무리 프리랜서라고는 하지만 내일은 출근하는 날이니까 지각하면 안 돼!"

은하도 활짝 웃으며 새끼손가락을 내밀었다.

* * *

은하는 [더 블랙] 사옥 앞에 멈춰 섰다. 브라이언을 만나기 위해 은하는 집에 들러 평상시와는 달리 한껏 꾸미고 나왔다. 평소에는 잘 입지 않는 트위드 재킷과 롱스커트를 입고 스틸레토 힐도 신었다. 화장도 했다. 그래야만 브라이언 앞에서 마음을 조금이라도 숨길 수 있을 것 같았다. 하지만 로비에 들어서자, 심장이 의지와는 상관없이 빠르게 뛰기 시작했다.

애써 태연한 척하며 안내데스크로 가서 이름을 말했다. 은하는 보안요원의 안내에 따라 펜트하우스 전용 엘리베이터로 향했다. 모든 전자기기를 맡겨야 하는 것 말곤 생각했던 것만큼 까다로운 절차는 없었다. 오히려 너무 허술하다는 생각마저 들었다. 하지만 안내데스크 모니터에는 은하의 얼굴과 모든 신상 정보, 그리고 가방 속 내용물의 엑스레이 영상까지 모조리 띄워져 있었다.

엘리베이터는 빠른 속도로 55층까지 올라갔다. 엘리베이터에서는 서울의 아름다운 전경이 한눈에 들어왔지만, 은하는 그저 층수를 나타내는 숫자가 점점 커지는 것을 바라보고 있었다. 숫자가 커질수록 심장박동수도 함께 빨라지는 듯했다. 엘리베이터 문이 열리자 한 남자가 창가에서 밖을 바라보며 서 있었다. 브라이언이었다.

그의 큰 키가 먼저 눈에 들어왔다. 얼핏 보아도 고급스러운 브라운 계열의 명품 슈트. 짙은 눈썹에 웨이브 진 머리, 그리고 한쪽 눈에만 쌍꺼풀이 있는 누가 봐도 미남형인 얼굴에, 그에 걸맞은 선한 표정을 하고 있었다. 브라이언을 처음 본 은하는 '이런 사람이 과연 나쁜 사람일까'하는 생각이 들었다. 그는 여유로운 미소로 은하를 맞이했다. 악수를 청하는 그의 소매에는 BBB라는 자수가 선명하게 수놓여 있었다.

* * *

"안녕하세요, 임은하 작가님, 처음 뵙겠습니다. 브라이언이라고 합니다."

중저음의 목소리였다. 브라이언은 은하를 중앙에 위치한 소파로 안내했다. 창밖으로는 맑은 서울 하늘이 펼쳐져 있었다. 잠시 후 비서가 엘리베이터 왼쪽에 있는 문을 열고 들어왔다. 비서는 차를 들고 들어와 테이블에 놓고는 다시 나갔다. 브라이언이 말을 이었다.

"차 좋아해요? 향을 음미하면서 한번 마셔보세요. 굉장히 귀한

차예요. 담배를 많이 피우시는 것 같아서 기관지에 특히 좋은 차로 준비했어요."

은하는 놀랐지만 애써 태연한 척 대답했다.

"저에 대해서 벌써 조사를 하셨나 보네요."

브라이언은 은하를 빤히 쳐다보며 말했다.

"저는 모든 사람과 그 사람들의 직업을 존중합니다. 그래서 저에게 일로든 사적으로든 만남을 요청하는 경우에는 웬만해서는 다 만나려고 노력합니다. 이렇게 임은하 작가님을 만나고 있는 것도 같은 이유이지요. 하지만 저는 무엇보다도 시간을 가장 중요하게 생각합니다. 쓸데없는 것에 시간 낭비하는 것을 가장 싫어하지요. 그런데도 제가 임은하 작가님을 만나서 지금 이런 이야기를 하고 있다는 것은 저에게 이 시간이 낭비가 아니라고 생각했기 때문입니다. 시간 낭비를 하지 않기 위해서 저는 누군가를 만나기 전에 상대에 대한 조사를 철저하게 하죠. 평범한 과정일 뿐입니다. 자, 이제 본론으로 들어갈까요?"

브라이언의 말투와 눈빛은 마치 은하에 대해 모든 것을 알고 있다고 말하는 것만 같았다. '지피지기면 백전백승'이라고 했기에 은하는 문득 두려웠지만 자신도 브라이언에 대해서 많은 것을 알고 있다고 스스로 되뇌었다.

"저도 직업 특성상 조사할 일이 많습니다. 하지만 회장님과 차이가 있다면, 저는 직접 발로 뛰죠. 그렇게 조사할 대상에 대해 몸소 겪게 됩니다. 감이랄까요. 지금껏 제가 느낀 지점들에 대해 보내드렸는데, 읽고 어떤 생각이 드셨는지 궁금합니다. 그리고 왜 저를 만나주셨는지도 궁금하네요."

브라이언은 고개를 끄덕였다. 은하는 브라이언의 미소를 보면서 도저히 그가 나쁜 사람이라고는 상상하기 힘들었다.

"작가님이 보내준 이야기는 잘 읽어보았습니다. 인상적이었어요. 그런데, 블랙박스에 대한 제 대답은 간단합니다. 블랙박스는 모든 사람에게 평등하다는 거죠. 그렇게 되기까지 20년을 바쳤습니다. 그것을 제가 스스로 깨뜨릴 이유는 없지 않을까요? 작가님의 글은 그저 소설이지요. 허구. 재미있었습니다. 그런 재미있는 생각을 하는 사람을 직접 만나보고 싶었고요."

브라이언의 말에 은하는 침을 삼켰다. 그리고 입을 열었다.

"물론 회장님은 회장님이 만들어 놓은 생태계를 깨뜨릴 이유가 없으시겠죠. 하지만 저는 회장님에 대해서 조사하면서, 그 생태계를 더 공고히 하고 확대할 수 있는 것에 대해 끊임없이 집착하고 계시다는 생각이 들었습니다. 물론 제가 조사한 자료들이 사실이라는 전제 하에요. 제 생각에 회장님은 그 생태계를 위해서라면 몇 명의 인간에게서 블랙박스를 떼어버리는 정도의 일은 얼마든지 하실 수 있는 분인 것 같은데요?"

은하는 말을 멈추고 브라이언의 표정을 살폈다. 브라이언은 잘 듣고 있다는 듯이 살짝 고개를 끄덕이며 "계속하세요"라고 건조하게 말했다. 은하가 다시 입을 열었다.

"저는 블랙박스가 생활에 큰 도움을 주었다고 생각합니다. 블랙박스로 인해 어떤 죽음도 의심할 필요가 없어졌죠. 사랑하는 사람의 죽음을 의심 없이 받아들일 수 있게 되었어요. 우리 가족도 그랬고요. 좋은 일을 하셨다고 생각합니다. 하지만 최근에 저에게 소중했던 사람이 갑자기 죽었는데 블랙박스 영상을 확인할 수 없었다고 합니다. 저는 그 사람이 왜, 어떻게 죽었는지 확인해야겠습니다. 가족이 없는 그에게 저라도 알려줘야 할 것 같아서요. 그런데 조사를 해보니 이런 일이 제법 많이 발생했더라고요. 이 정도면 이미 블랙박스는 평등하지 않은 것 같은데요?"

브라이언은 고개를 가로저으며 말했다.

"우선, 윤현태 실장에 대해서는 진심으로 안타깝게 생각하고 있습니다. 하지만 저희로서는 어쩔 수 없었습니다. 법이 그러니까요. 소설을 보니 많은 조사를 하신 것 같네요. 하지만 전반적으로 상상이 과합니다. 틀린 것도 있고요. 팩트를 먼저 말씀드리면, 블랙박스가 제거된 사망 사건은 네 건입니다. 조금 전에 변기호 소장이 자살했어요. 작가님 소설에서는 변기호 소장도 블랙박스가 없었죠."

역시 브라이언은 은하와 현태의 관계를 이미 알고 있었다. 변기호 소장이 죽었다는 말에 은하의 심장이 빠르게 뛰기 시작했다. 믿기지 않았다. 당황한 은하의 표정을 바라보며 브라이언은 말을 이었다.

"혹시 저희 부친께서 블랙박스를 왜 만드셨는지 아시나요? 부친께서는 눈에 보이는 것만 믿으셨어요. 사람의 말이나 영상, 음성 자료는 전혀 신뢰하지 않으셨지요. 모두 거짓말과 조작이 가능했죠. 지금, 블랙박스는 세상에서 유일한 완벽 증거입니다. 앞으로도 그럴 거고요. 임은하 작가님께서 말씀하시는 건 그저 퇴직을 앞둔 저희 연구소장의 거짓말을 듣고 끼워 맞춘 허구일 뿐인 것 같네요. 말 그대로 소설이죠. 픽션."

브라이언은 은하가 변기호 소장을 만난 것까지도 알고 있었다. 은하는 어떻게 알았을지 궁금했지만, 물어보지 않았다. 몇 분 동안 이야기를 나눠본 브라이언은 진실을 절대로 말해줄 사람이 아니었다. 은하는 가만히 침을 삼켰다. 그때 브라이언이 제안했다.

"자, 이렇게 하시죠. 임은하 작가님께서 쓰신 소설이 저는 마음에 듭니다. 재미있어요. 대중들도 좋아할 것 같아요. 아주 자극적이고. 작가님께서 쓴 그 소설, 제가 판권을 사겠습니다. 출판도 [더 블랙]에서 하죠. 그러면 사람들은 아마 더 좋아할 겁니다. 재미있는 소설로서 세상에 나오게 되겠죠. 아니면 영화가 좋을까요? 어떻습니까?"

"……."

"대답이 없으시네요. 돈이 문제입니까? 100억, 100억이면 되겠어요?"

"제 대답이 필요한가요?"

"네. 저에게는 사실 필요 없죠. 하지만 임은하 작가님에게는 필요할 것 같은데요."

섬뜩했다.

"만약 거절한다면, 저도 죽일 건가요? 하지만 어떡하죠? 제 머릿속에 있는 블랙박스는 너무도 말짱하고 지금 제 눈과 귀에는 회장님이 너무도 선명하게 보이고, 또 들리고 있는데요. 회장님이 처음에 블랙박스를 만드신 이유가 바로 이런 것 아닐까요?"

"무서운 말씀을 하시는군요. 저는 정말로 작가님 소설이 마음에 듭니다. 100억의 가치가 충분히 있다고 생각해요."

그는 태연하게 차를 마시며 말했다. 그의 표정을 읽을 수가 없었다. 제안을 있는 그대로 받아들여야 하는 건지, 아니면 그에게 다른 목적이 있는 건지 은하는 혼란스러웠다.

"왜 이렇게까지 하는 거죠?"

"서로에게 도움이 되는 제안을 할 뿐입니다. 작가님은 유명해질 테고, [더 블랙]은 쓸데없는 오해의 소지를 없애고. 윈윈이죠. 그런데 만약 제안을 거절하고도 작가님이 그 소설을 낼 수 있을까요?

설사 그 이야기가 세상에 나온다 하더라도 관심을 끌도록 저희가 가만히 있을까요? 작가님이 목숨을 걸고 세상에 내놓은 소설을 아무도 알아주지 않을 겁니다. 하지만 만약 그 소설이 [더 블랙]에서 나오게 되면 어떨까요. 대중은 환호할 겁니다. 저는 무엇을 얻느냐고요? '블랙박스에 대한 조작은 없다, 그래서 이런 이야기도 펴낼 수 있다'는 강력한 반증을 얻게 되겠죠."

은하는 브라이언의 협박이 두려웠다. 그러나 달콤한 제안임에 틀림없었다.

"[더 블랙]은 세상을 위해 늘 더 큰 목표를 가지고 움직이고 있습니다. 그러기 위해서 [더 블랙]에 조금이라도 흠집이 생길 여지가 있다면 그걸 제거해야 하는 것이 저의 가장 중요한 일입니다. 블랙박스를 왜 제거했냐고 물었었죠? 만약 제가 블랙박스를 제거했다면, 아이러니하지만 그 대답은 '블랙박스를 지키기 위해서'일 겁니다. 어때요? 이제 대답할 준비가 되었나요?"

브라이언의 목소리에서 은하는 대답하지 않으면, 자신이 죽을 수 있다는 생각에 은하는 등골이 서늘했다. 자신을 걱정하고 있을 고운과 큰별이 떠올랐다. 은하는 브라이언의 제안을 받아들여야 한다고 생각했다. 애써 태연한 척했지만, 온몸의 털이 곤두선 듯했다.

"솔깃한 제안이기는 하네요. 사실 저는 [더 블랙]의 미래에는 관심 없거든요. 비리를 밝히기 위해 회장님을 찾아온 것도 아니고……. 좋아요, 회장님의 제안 받아들일게요."

은하는 더 이상 망설이지 않고 브라이언이 원하는 대답을 했다.

"역시. 말이 통할 사람이라고 생각했어요. 잘 생각했습니다. 앞으로 임은하 작가님의 모든 활동을 전폭적으로 지원하겠습니다. 홍보팀에서 곧 소설의 결말에 대한 의견을 드릴 겁니다. 참고해주세요."

브라이언은 흡족한 듯 웃으며 비서를 불렀다. 은하는 이제야 브라이언의 감정을 읽을 수 있었다. 앞서 차를 내왔던 비서가 아닌 블랙 슈트를 단정하게 입은 낯익은 남자 비서가 브라이언에게 봉투를 건넸다. 봉투를 건네는 비서의 손가락이 유난히 가늘고 길었다. 그리고 큰 엄지손톱이 눈에 띄었다. 브라이언은 은하에게 봉투를 줬다. 봉투를 열어보았다.

'0'이 한번에 읽을 수 없을 정도로 많았다. 봉투에는 30억짜리 수표가 들어 있었다. 놀란 은하는 눈을 동그랗게 뜨고 물었다.

"이건 뭐죠?"

"일종의 계약금입니다. 일주일의 시간을 드리죠. 정식 계약은 그때 하는 걸로 하죠. 그 안에 임은하 작가는 소설을 마무리해주세요. 오늘 이야기가 우리 소설을 마무리하는 데 도움이 되었기를 바랍니다."

은하는 계약금을 손에 꽉 쥐고 엘리베이터에 몸을 실었다. 문이 닫히는 순간, 살아남았다는 생각 외에는 아무런 생각도 들지 않았다. 엘리베이터의 숫자가 작아지자 은하는 다리에 힘이 풀려 주저 앉았다. 고운의 말을 들었어야 했다. 엘리베이터의 숫자는 빠르게 줄어들었지만 심장박동 수는 줄어들 줄을 몰랐다.

* * *

은하가 나간 후 브라이언은 다시 남자 비서를 불렀다. 비서가 태블릿을 들고 브라이언 곁으로 다가왔다. 태블릿에는 은하의 건강검진과 관련된 내용이 적혀 있었다. 태블릿을 살펴본 브라이언이 말했다.

"임 작가가 자기 인생이 3일밖에 남지 않은 것을 알고 있다면 더 좋았을 텐데 말이죠. 그래도 3일이면 부자가 된 기분을 즐기기에는 충분한 시간이네요. 혹시 모르니 병원에서 죽는 것까지 확실하게 확인하도록 해요."

남자 비서는 조용히 답하고는 빠른 걸음으로 사라졌다.

확인

    은하는 흡연실로 향했다. 주머니에서 담배를 꺼내 물었다. 아직도 손이 떨렸다. 라이터를 켜는 것조차 힘겨웠다. 혈관을 타고 니코틴이 퍼지자 긴장이 조금 풀리는 듯했다. 온몸에 힘이 없었다. 은하는 담배 연기를 내뿜었다. 최근에 담배를 너무 피워서 그런지 기침이 잦아졌다는 느낌이 들었다.

    은하는 담배를 끊어야겠다고 다짐하고는 담배와 라이터를 쓰레기통에 던져버렸다. 쓰레기통 속에서 버려진 자주색 일회용 라이터의 금속 부분 안쪽에서 아주 작은 불빛이 희미하게 깜빡이고 있는 것을 은하는 짐작조차 하지 못했다.

은하는 그동안 자신에게 일어난 일들을 큰별에게 알려줘야 한다고 생각했다. 그리고 무엇보다도 소설을 마무리해야겠다고 다짐했다. 그것이 지금 은하가 해야 할 일이었다. [더 블랙]을 통해 책이 출판되더라도 책의 내용을 믿느냐 안 믿느냐는 독자가 해야 할 일이다. 책이 나온다면 고운이 방송하는 것에 작게나마 도움이 될 수도 있을 것 같았다. 그리고 [더 블랙]과 브라이언을 잡는 일은 경찰이나 검찰이 해야 할 일이었다. 그녀는 어느새 자신이 큰별을 믿고 있음을 깨달았다. 큰별에게 전화를 걸기 위해 핸드폰의 전원을 켜자마자 기다렸다는 듯이 큰별에게서 전화가 왔다.

"은하 씨! 왜 이렇게 전화가 안 돼요."

수화기 너머 큰별의 목소리에 걱정이 가득했다. 그래도 그 목소리를 들으니 마음이 조금 가다듬어졌다.

"방금 브라이언을 만나고 나왔어요. 해줄 말이 많아요."

은하의 말에 큰별은 흥분한 목소리로 대답했다.

"은하 씨, 내 말 잘 들어요. 변기호 소장님이 조금 전에 죽었어요. 지금 어디예요? 제가 지금 은하 씨 있는 곳으로 갈게요."

큰별의 목소리에서 다급함이 느껴졌다. 처음 만났을 때 느꼈던 풋내기 같던 경찰의 목소리가 아니었다. 큰별의 말은 계속됐다.

"건강검진이었어요. [더 블랙]은 건강검진에서 블랙박스를 제거했어요. 건강검진에 참여한 [더 블랙] 비밀 직원들을 잡았어요. 그런데 혹시 은하 씨 건강검진 받고 나서 몸이 평소와 다른 건 없었어요? 은하 씨도 빨리 검사를 해봐야 해요."

변기호 소장이 죽었다는 브라이언의 말은 사실이었다. 브라이언의 제안과 변기호 소장의 죽음, 그리고 건강검진. 충격적인 정보들이 한꺼번에 주입되어서인지, 은하는 어지러웠다. 큰별은 더 큰 목소리로 말했다.

"은하 씨, 내 말 잘 들어요. 그들이 은하 씨에게서도 블랙박스를 제거했을지 몰라요. 은하 씨 머리에 블랙박스가 없을 수도 있다고요! 위험한 상태라고요!"

머리에 블랙박스가 없다고 생각하니, 갑자기 공포가 엄습해 왔다. 정말일까?

"윤현태 때문이에요. 은하 씨가 유일한 연락처라고 했잖아요. 그것 때문일 거예요. 윤현태, 양민아, 변기호 소장, 그리고 은하 씨까지. 윤현태가 알고 있는 사실을 말할 수 있는 모든 사람을 죽인 거예요!"

큰별은 울먹일 듯 말을 이었다. 경찰서를 향하던 큰별은 자동차의 자율주행 모드를 끄고, 핸들을 급히 돌려 은하가 있는 [더 블랙]으로 돌아갔다.

* * *

　[더 블랙]의 주차장 한구석에서 멍하니 서 있는 은하를 발견한 큰별은 차를 급히 세우고 달려가 은하의 양쪽 어깨를 잡았다.

　"괜찮아요?"

　"괜찮아요. 그냥 조금 어지러운 것뿐이에요. 경위님은 할 일을 잘하고 있죠? 저는 이제 제가 할 일은 다 한 것 같아요."

　은하는 힘없이 웃어 보였다. 은하는 변기호 소장이 죽기 전 자신에게 해준 이야기, 브라이언과 나눈 이야기, 그리고 브라이언의 제안까지 큰별에게 들려주었다. 큰별은 이번에는 은하의 이야기를 수첩에 적지 않았다.

　"정말 은하 씨는 할 일을 다 했네요. 이제 제가 알아서 할게요."

　큰별은 은하를 뒷좌석에 편히 앉힌 뒤 돌아와 운전석에 앉았다. 갑자기 숨이 막혔다. 은하의 머리에는 블랙박스가 없을 것이다. 그리고 은하의 몸에 있을 시한폭탄은 지금도 시간이 줄어들고 있을 거라는 불안함이 심장을 조여오는 것 같았다.

* * *

　은하는 뒷자리에 잠들어 있었다. 국과수로 차를 몰면서 큰별은 신우택에게 전화를 걸어 보디 스캐닝을 준비해달라고 부탁했다.

국과수에서는 신우택이 주차장에 나와 큰별과 은하를 기다리고 있었다. 우택은 은하를 종합 보디 스캐닝실로 안내했다. 큰별은 우택에게 은하를 부탁하고 다시 차에 올라 시동을 걸었다. 이번에도 자율주행 모드를 끄고 직접 운전했다. 잠시 후 큰별은 '서울중앙지방검찰청'을 가리키는 이정표의 방향으로 핸들을 돌렸다.

* * *

'908호 서지현 검사.'

큰별은 서지현 검사의 명패가 있는 문을 세차게 열고 들어갔다. 검사실 안에 있던 세 명의 수사관이 놀란 눈으로 큰별을 바라봤다.

"계시죠?"

짧게 말하고 대답은 듣지도 않은 채, 큰별은 서지현 검사의 방문을 열고 들어갔다. 수사관들이 웅성댔다.

"[더 블랙] 압수 수색 영장 청구해주세요!"

서지현 검사가 큰별을 보고 자리에서 채 일어나기도 전에 큰별은 큰 소리로 말했다.

"압수 수색 영장?"

놀란 서지현 검사의 눈이 커졌다.

"큰별아! 다짜고짜 그게 무슨 말이야? 압수 수색 영장은 또 무슨 소리고?"

큰별은 자세하게 상황을 설명하려 했지만, 마음과 달리 횡설수설했다. 조용히 이야기를 듣고 있던 서지현 검사는 큰별에게 담배를 건네며 홍분을 가라앉혔다. 니코틴이 들어가서인지 조금 안정이 되는 기분이었다. 그러고는 침착하게 이야기를 계속했다.

* * *

서지현 검사는 강남경찰서의 담당 검사로 큰별과는 인연이 있었다. 갓 경찰 생활을 시작한 큰별은 경찰에 대한 환상을 가지고 있었다. 선배들이 보기에 큰별은 항상 쉬운 일을 어렵게만 하는 후배였다. 블랙박스 영상만 확인하면 될 사건에서 CCTV를 찾아보고, 사건 현장에서 쓸데없이 증거를 찾으려 애쓰는 큰별의 모습이 선배들 눈에는 우스워 보였다. 그야말로 '별난 경찰'이라고 불리던 시절이었다.

큰별은 뻑하면 수색 영장을 청구해달라고 서지현 검사를 찾아왔다. 서지현 검사는 그런 모습이 귀엽기만 했다. 큰별의 별명도 이미 잘 알고 있었다. 세상 물정 모르고 달려드는 큰별이 초임 검사 시절 자신 같다고 느꼈기 때문인지, 큰별이 찾아와 이상한 요구를 할 때마다 서지현 검사는 마치 어린 학생을 가르치는 교사처럼 하나하나 가르쳐주었다. 사건에서 가장 중요한 것은 증거이고, 가장 중요한 증거는 블랙박스 영상이라고. 블랙박스 영상만 있으면 다른 증거를 찾기 위해 애쓸 필요 없다고. 그렇게 큰별을 돌려보내곤 했다. 그럴 때마다 큰별은 늘 아쉬운 표정으로, 축 처진 어깨로 서지현 검사의 방을 나섰다.

1년 정도 찾아오던 큰별의 발길이 뜸해지자, 서지현 검사는 내심 아쉬웠다. '요즘 세상에 저런 경찰도 하나쯤은 필요하다'고 생각했기 때문이다. 그 후 사건의 마무리를 위해 큰별을 만날 때면, 평범한 요즘 경찰이 되어버린 것 같은 큰별의 모습에 서지현 검사는 왠지 모를 아쉬움을 느꼈다.

그런 큰별이 갑자기 찾아와서는 다시 '별난 경찰'이 된 듯, 영장을 요구하는 것이었다. 흥미로웠다. 상대는 [더 블랙]. 수사 상황으로 볼 때, 영장을 받는 것은 불가능했다. 특히나 과태료 정도면 끝날 의료법 위반 사건으로 [더 블랙]의 수색영장을 발부받는 것은 더더욱 불가능했다.

큰별은 이은성, 윤현태, 양민아, 변기호 사건 모두 블랙박스 영상을 확인할 수 없었고, 그들은 모두 같은 곳에서 같은 사람들에게 건강검진을 받았다는 것. [더 블랙]에서 블랙박스 영상을 제공하지 않은 것은 애초에 블랙박스가 없었기 때문이라고 설명했다. 그리고 마지막으로 부탁했다.

"검사님! 완벽한 증거를 찾아야 해요. 블랙박스 영상이 없다면, 반대로 블랙박스가 없다는 증거를 찾아야 한다고요!"

큰별의 이야기를 모두 듣고 난 서지현 검사는 잠시 눈을 감고 생각에 잠겼다. 큰별이 의심하고 있는 죽음들, 확보한 증언들, 그리고 그 죽음에 관련되었을 수도 있는 용의자들. 그리고 [더 블랙]. 큰별의 확신에는 일리가 있어 보였다. 서지현 검사는 눈을 뜨고 결심이 선 듯 자리에서 일어나 큰별을 툭 치곤 말했다.

"그래! 이큰별! 네 말이 맞을 수도 있겠다. 그런데 압수 수색 영장은 기각될 거야. 일개 경찰의 추측만으로 [더 블랙]의 압수 수색을 허락할 법원이 아니야."

서지현 검사의 말에 큰별은 고개를 떨구고 주먹을 꽉 쥐었다. 서지현 검사는 큰별의 주먹을 잡아주며 말을 이었다.

"그래서, 압수 수색 영장하고 부검 영장을 같이 청구할 거야. 그러면 아마 부검 영장 정도는 나오겠지"

큰별이 고개를 들어 서지현 검사를 바라보았다. 서지현 검사는 어깨를 으쓱해 보이며 말했다.

"머리 속에 블랙박스가 있는지 없는지는 확인해봐야지. 한 번 해보자."

서지현 검사는 어디론가 전화를 걸어 약속을 잡고는 수사관들을 불렀다.

"수사관님, 원형민이랑 박현우 사건으로 [더 블랙]에 대한 압수 수색 영장, 그리고 양민아, 변기호 시체 부검 영장 청구할 겁니다. 준비해주세요."

서지현 검사는 큰별에게 말한 대로 압수 수색 영장과 함께, 이미 장례 절차가 끝났을 이은성, 윤현태 사건을 제외한 두 건의 사건에 대해 부검 영장을 청구할 것을 수사관들에게 지시했다. 당황한 수사관들은 어리둥절했지만, 단호한 서지현 검사의 표정에 "네"라는 짧은 대답을 하고 나갔다. 수사관들이 나간 후 서지현 검사는 큰별에게 조용히 말했다.

"됐지? 그런데 영장 청구의 목적은 용의자들이 건강검진에서 블랙박스를 건드렸는지 그것만 확인하는 거야. 그 이상도, 이하도 아니야. 우선 그것만 생각하고 움직여보자."

큰별은 고개를 끄덕였다. 아무리 서지현 검사라 해도 [더 블랙]을 상대로 일을 크게 벌이기에는 아직 준비가 부족하다고 생각할 수밖에 없을 것이다. 서지현 검사는 사무실을 나서는 큰별을 불러 세웠다.

"잘 돌아왔어, '별난 경찰'."

* * *

국과수의 보디 스캐닝 결과 은하의 폐에서 암세포가 발견되었다. 다행히 아직 혈행성 전이가 시작되지는 않았다. 신우택은 은하를 종합병원으로 옮겨 바로 수술할 수 있도록 조치했다. 수술은 성공적이었다.

은하는 회복실에서 잠들어 있었다. 소식을 듣고 한달음에 달려온 고운이 침대에 누워 있는 은하를 바라보며 눈물을 흘리고 있었다. 헐레벌떡 회복실에 들어온 큰별을 고운은 한눈에 알아볼 수 있었다. 둘은 눈인사만을 나누고, 잠들어 있는 은하를 바라보았다.

"아……."

은하가 수술 부위가 아픈지 깨어나며 앓는 소리를 냈다.

"은하야!"

고운이 은하의 손을 꼭 잡았다.

"고운아……."

은하는 힘겹게 대답하며 웃어 보였다.

"나 괜찮아, 울지 마……."

몸을 일으키며 고운을 달래는 은하에게 고운은 소리쳤다.

"그러니까 담배 좀 작작 피우라고 했잖아! 이게 뭐야. 건강검진은 제대로 받은 것 맞아? 건강검진 받은 지 얼마나 되었다고 암이야."

"그러게, 네 말 들을걸. 그래도 내가 좋아하는 건데 어쩌겠어."

은하는 애써 밝은 표정으로 대답했다. 고운이도, 은하도 알고 있었다. 이 모든 것이 [더 블랙]에서 벌인 일이라는 것을. 하지만 그 사실을 입 밖으로 내는 것이 무서웠다.

은하는 아무런 말없이 몸을 일으켜 고쳐 앉아 큰별과 고운을 번갈아 쳐다보았다. 은하는 고운과 큰별에게 서로를 소개하고는 말했다.

"내 소설, 어떻게 마무리 될까?"

세 사람은 한동안 아무 말도 하지 않았다. 침묵을 깨고 말을 꺼낸 건 큰별이었다.

"검사가 양민아 씨와 변기호 소장의 부검 영장을 청구했어요. 영장만 나오면 그들의 머리에 블랙박스가 없다는 증거를 확보할 수 있을 거예요."

"증거를 확보한 다음에는요?"

고운의 질문에 큰별은 망설이다 대답했다.

"브라이언을 잡아야죠."

회복실에는 또다시 무거운 침묵이 흘렀다.

2053. 3. 8. 토요일. IBS Headline NEWS

오늘의 헤드라인입니다.

블랙박스 의무화가 시행된 지 3년이 지났습니다. 블랙박스 이식은 지난해 11월 100% 완료되었다고 말씀드린 바 있죠.

지난주 경찰에서 2052년 기준 장기미제율을 발표했습니다. 0.7%. 블랙박스가 이식된 사망자 중에서는 콜드케이스는 없었고요. 경찰에서는 곧 장기미제 사건이 없어질 것이라는 전망을 조심스럽게 내놓았습니다. 고독사도 지난해 2건을 기록하며 블랙박스의 성과가 가시적으로 확인되고 있습니다.

다른 나라에서도 우리나라의 사례를 성공적으로 평가하며 내년까지 전 세계 120여 개국에서도 전 국민 블랙박스 의무화를 도입할 것으로 전망되고 있습니다.

블랙박스가 도입되면서 강력 범죄율도 낮아지고 있는 것으로 확인되고 있는데요. 범죄의 사각지대는 없다는 인식이 강해진 걸까요? 앞으로 강력 범죄뿐만 아니라 범죄 없는 세상이 와서 뉴스에서도 늘 즐거운 소식만 전해드릴 수 있게 되기를 진심으로 바랍니다.

No signal

　며칠 뒤, 큰별이 탄 차는 국과수를 향하고 있었다. 옆자리에 앉은 서지현 검사의 손에는 부검 영장이 쥐여 있었다. 서지현 검사의 생각대로 압수 수색 영장은 범죄사실 소명이 부족하다며 기각되었지만, 부검 영장 청구는 받아들여졌다.

　국과수 입구에서 신우택은 큰별을 기다리고 있었다. 신우택은 서지현 검사로부터 부검 영장을 받아 확인하고는 큰별에게 조용히 말했다.

　"결국 여기까지 왔구나. 해보자, 큰별아."

　양민아의 사망 소식을 들은 큰별은 며칠 전 다시 제주도에 다녀

왔다. 양민아의 장례식장에서 큰별은 양민아의 어머니를 만나 위로
했다. 양민아의 어머니는 건강하던 딸의 죽음을 힘겹게 받아들이고
있었다. 큰별은 그녀에게 자신이 의심하고 있는 일에 관해 이야기
해주고 양민아를 지켜주지 못해 미안하다고 사과했다. 그녀는 강한
엄마였다. 그녀는 사건의 진실이 밝혀질 때까지 양민아를 화장하지
않기로 결심했다. 부검이 결정된 오늘 아침, 양민아의 시신은 서울
국과수 본원으로 이송되어 부검을 기다리고 있었다.

* * *

부검실의 분위기는 싸늘했다. 최근에는 연구 용도로만 사용된 부
검실이었다. 연구의 목적이 아닌 범죄 사실을 밝혀내기 위한 부검
에 임하는 법의관과 법의조사관들의 얼굴에는 긴장감이 드러났다.
창문 밖에 위치한 참관실에도 그들의 긴장은 고스란히 전해졌다.
큰별과 서지현 검사는 아무런 말없이 부검실 안쪽을 바라보고 있
었다.

드디어 파란 수술복을 입은 신우택이 크게 심호흡하고 양민아가
누워 있는 부검대 앞에 섰다. 신우택은 양민아의 시신에 짧은 묵념
으로 고인에 대한 예의를 표한 후 엄숙한 목소리로 부검의 시작을
알렸다.

"현재 시각 오전 8시 45분. 영장 번호 2065 TB 0001. 강남경찰서 의뢰건. 블랙박스 제거 의심. 피해자 성명 양민아에 대한 시체 부검 시작하겠습니다."

이번 사건에서 처음으로 불리운 '피해자'라는 호칭. 신우택은 신중하게 시신의 외부를 살폈다. 사진기를 든 법의조사관 하나가 부검의 모든 과정을 카메라에 담고 있었다.

"손가락과 발가락 포함 기타 전신에 외상은 없습니다. 절개 시작합니다. 장기는 전부 적출해서 따로 확인하겠습니다. 메스 주세요."

신우택은 신중하게 메스를 받아 시신의 복부를 Y자형으로 절개했다.

"심장 340그램, 특이 사항은 없습니다. 다음 폐를 적출합니다. 암세포가 간과 비장까지 전이되어 있습니다."

부검은 절차대로 진행되었다. 각종 장기에 대한 부검을 마친 신우택은 두개골을 절개하여 살펴보며 조용히 말했다.

"뇌의 블랙박스는…… 수술적인 처치를 통해 제거된 것으로 보입니다."

신우택은 잠시 참관실을 바라보며 큰별을 향해 고개를 끄덕였다. 블랙박스가 제거된 것이 마침내 확인되는 순간이었다. 부검은 2시간가량 진행되었다. 법의조사관이 시신을 봉합하기 시작했다.

"정확한 사인은 법공학부 소견도 들어 감정을 내봐야 알겠지만,

보디 스캐닝 결과와 부검을 통해 확인된 사망의 원인은 혈액암. 다발성 골수종으로 확인되고, 사망의 종류는 병사. 질병에 의한 사망으로 보입니다. 특이 사항으로는 시체의 뇌에서는 블랙박스가 발견되지 않았습니다. 정확히는 누군가에 의해 블랙박스가 제거된 것으로 확인되었습니다."

부검을 마친 신우택은 참관실을 향해 평소보다 더 크고 또렷한 목소리로 말했다. 그러고는 옆에 놓은 부검대로 자리를 옮겨 두 번째 부검을 시작했다. 변기호 소장의 머리에도 블랙박스는 없었다.

* * *

"누군가에 의해 블랙박스가 제거된 것으로 확인되었습니다."

신우택의 말에 서지현 검사와 큰별은 한동안 아무런 말을 하지 못했다. 확신이 선 큰별의 의심이 사실로 확인되는 순간이었다. 큰별과 서지현 검사는 서로를 바라보았다.

"이제 어떻게 할 거야?"

먼저 입을 연 것은 서지현 검사였다. 그것은 큰별을 향한 질문이기도 했지만, 서지현 검사 본인에게 하는 질문이었다.

"검사님은요?"

큰별의 질문에 서지현 검사는 바로 대답하지 못했다. 그런 서지현 검사를 바라보며 큰별이 말을 이었다.

"[더 블랙] 잡아야죠. 몇 년이 걸리더라도 끝까지 해볼 거예요. 그게 경찰이 할 일이잖아요. 검사님도 검사님이 할 일 해주세요. 끝까지."

덤덤히 말하는 큰별을 보며 서지현 검사는 아무 말도 하지 못했다.

양민아와 변기호 소장의 부검 모두 블랙박스가 제거되었음이 확인되었다. 있어야 하는 것이 없다는 게 오히려 증거가 된 상황, 원형민과 박현우는 구속될 것이다. 하지만 그것뿐이었다. 두 건의 사망사건에 다른 의혹은 없었다. 양민아의 사인은 의심할 여지없는 혈액암, 병사였다. 변기호 소장은 폐를 비롯한 장기 일부분에서 암세포가 발견이 되기는 했지만 직접적인 사인은 타살 흔적 없는 일산화탄소 중독에 의한 질식사, 자살이었다.

신우택으로부터 최종적인 부검 결과를 들은 큰별은 서지현 검사와 신우택에게 한마디를 남기고 국과수를 나섰다.

"아직 확인해야 할 것이 하나 더 있어요."

* * *

서장의 호출을 받은 정병욱 팀장은 원형민과 박현우. 두 사람을 조사실에 놔둔 채 서장실로 들어섰다. 서장은 심각한 표정으로 통화 중이었다. 통화 내내 서장은 조용히 듣고만 있었다. 가끔 '네'라는 대답만 짧게 반복할 뿐이었다. 정병욱 팀장은 자신에게 좋은 통화는 아닐 거라는 예감이 들었다.

"정 팀장, 짧게 말할 테니 잘 듣게. 자네 팀에서 지금 무슨 짓을 벌이려고 하는 것 같은데. 그게 무엇이라도 그만두게."

서장의 목소리는 단호했다. 아무런 이유도 덧붙이지 않았다. 정병욱 팀장은 그저 방금 끝낸 그 통화가 [더 블랙]과 관계가 있으리라 추측할 뿐이었다.

"서장님, 저희는 그저 할 일을 할 뿐입니다. 의료인 면허 없이 건강검진에 참여했던 [더 박스] 직원들을 체포했고 [더 블랙]에서 시킨 일이란 자백을 받았습니다. 최소한 [더 블랙]에서 계획적으로 블랙박스를 훼손하려 했다고 생각합니다. 부검이 끝나면 곧 확인이 될 겁니다."

서장은 깊은 한숨을 내쉬고는 정병욱 팀장을 물끄러미 바라보며 말했다.

"병욱아, 내가 경찰 생활을 한 30년 하면서 대한민국에서 제일 센 곳이 어디라고 생각하게 됐는지 알지? [더 블랙]이야. 왜 그런지는 너도 잘 알잖아? 가장 확실하고 완벽한 증거. 그것을 마음대로 할 수 있는 곳이 [더 블랙]이야. 형사 사건에서 그 완벽한 증거를 확보하지 못하면 백전백패야. 이길 수가 없다고. 그냥 세상만 시끄러워질 뿐이지.”

서장의 말은 정병욱 팀장도 너무 잘 아는 일이다. 하지만 후배들이 진짜 경찰이 되려고 하는 것을 막을 수는 없었다. 그게 경찰로서, 팀장으로서, 선배로서 할 일이었다. 정병욱 팀장은 서장도 같은 마음이기를 간절히 바라면서 말했다.

“서장님, 아니, 선배님, 저도 잘 알고 있습니다. 그런데 애들이 잡아보겠대요. 아니, 잡아야겠대요. 경찰이 범인 잡겠다는 걸 팀장으로서, 선배로서 말리는 거. 너무 힘들더라고요. 저도 지난 3년 동안 너무 괴로웠다는 거 잘 아시잖아요. 그때 저랑 선배님이 하지 않은 일을 지금 애들이 하고 있잖아요. 블랙박스 영상이 아니더라도 확실한 증거, 가져올게요. 이길 수 있을 만큼 확실한 물증, 꼭 가져올 테니까 이번에는 막지 말아주세요. 정말 부탁드립니다.”

정병욱 팀장은 고개를 숙였다. 그의 눈에 눈물이 고여 있는 걸 서장은 보았을 것이다. 그 눈물은 경찰 선배로서, 서장으로서 후배들을 더 이상 막을 수 없을 거란 것을 느끼게 해주었다. 서장은 아무 말 없이 고개를 끄덕이며 정병욱 팀장에게 나가라고 손짓했다.

* * *

최민하 과장은 강남경찰서 3층에 위치한 조사실에 앉아 있었다.

그는 윤현태가 죽은 후 임시 전략기획실 실장을 맡고 있었다. 그는 앞에 놓인 종이컵을 바라보며 큰별을 기다렸다. 잠시 뒤 큰별이 들어왔다.

"과장님이 왜 여기 와 계신지 아시겠습니까?"

최민하 과장은 잠시 생각하다가 입을 열었다.

"지난번에 말씀드린 대로 저는 아무것도 모릅니다."

큰별은 최민하 과장 쪽으로 의자를 바짝 붙여 앉았다. 이어서 고개 숙여 사과하기 시작했다.

"잘 알고 있습니다. 사과드리고 싶었어요."

고개를 숙인 큰별을 바라보며 최민하 과장은 어리둥절한 표정을 지었다. 지난번 큰별이 난리를 치고 난 후 [더 블랙]은 경찰서에 항의 공문을 보내왔다. 공문에는 보안 강화를 위해 당분간 경찰의 본사 출입을 통제한다는 내용이 담겨 있었다. 그래서 경찰은 부검 결과에 대한 참고인 조사를 위해 경찰서로 와줄 것을 최민하 과장에게 요청했다. 그런데 사과하려고 불렀다니. 긴장이 풀리면서 갑자기 아랫배가 아픈 것 같았다.

"지난번에는 의욕이 앞서는 바람에 무례를 범했습니다. 다른 직원분들께도 놀라게 해서 죄송하다고 꼭 사과하고 싶습니다."

큰별은 다시 한번 고개를 숙였다. 최민하 과장은 어리둥절했다. 정말로 사과를 위해 부른 건가. 돌아가도 좋다는 말에, 최민하 과장은 어색하게 조사실 문을 나섰다. 그는 화장실로 향했다. 그때 뒤에서 정훈직 순경이 그에게 다가와 악수를 건넸다. 그리고 작은 쪽지를 쥐여주었다. 최민하 과장은 정훈직의 뒷모습을 한동안 바라보다 화장실로 들어갔다. 화장실 문을 잠그고 쪽지를 열어 보았다. 눈빛이 흔들렸다.

'과장님의 도움이 필요합니다. 임은하 씨의 블랙박스 상태를 확인해주세요. 변기호 소장은 진실을 밝히기 위해 스스로 목숨을 끊었습니다.'

쪽지는 놀라운 내용을 담고 있었다. 변기호 소장은 자살이었지만 이미 온몸에 암세포가 전이되어 있었다. 자기 죽음을 알게 된 변기호 소장은 자신에게 블랙박스가 없다는 사실을 밝힐 수 있도록 [더 블랙]도, 병원도 아닌 곳에서 스스로 목숨을 끊었다. 그리고 자신의 시신을 의학 발전을 위해 부검해달라는 유서를 남겼다. 이제 블랙박스가 없는 마지막 사람에 대해서 확인하기 위해 큰별은 최민하 과장에게 은하의 블랙박스 상태를 확인해 달라고 부탁했다.

혹시라도 브라이언이 최민하 과장의 블랙박스 영상을 볼 수도 있을 것 같아 최대한 눈에 띄지 않는 방법을 선택한 것이다. 쪽지의 마지막 내용을 보며 최민하 과장은 한숨을 쉬었다.

'이것을 할 수 있는 사람, 과장님밖에 없습니다.'

　　　　　　　　　* * *

　사무실에 돌아온 최민하 과장은 소파에 앉아 고개를 푹 숙였다. 윤현태 실장, 양민아 대리, 변기호 소장의 얼굴이 뇌리에 스쳐나갔다.

　최민하 과장은 신용정보 회사의 정보 보안 담당으로 업계에 이름을 알렸다. 윤현태에게 스카우트 제안을 받은 최민하 과장은 그 제안을 단숨에 수락했다. 단지 돈 때문은 아니었다.

　몇 해 전, 최민하 과장의 아버지는 알츠하이머로 투병 중이었는데 [더 블랙]의 알츠하이머 신약 개발 임상실험에 참여하여 완치되었다. 최민하 과장의 가족들에게 [더 블랙]은 은인이었고, 그저 좋은 일을 하는 회사였다. 최민하 과장이 [더 블랙]에 입사하게 되었다고 말했을 때, 어머니와 아버지는 '우리 아들이 좋은 일을 하게 되었다'며 기뻐하며 동네방네 자랑을 하셨다.

　[더 블랙]에 들어온 지 한 달도 되지 않은 지금, 윤현태와 양민아, 그리고 변기호 소장까지 의심스러운 죽음을 맞았다. 최민하 과장은 혼란스러웠다. 좋아하시던 부모님의 얼굴이 눈앞에 그려졌다. 그리고 이제 결정을 해야 했다.

　한동안 고개를 숙이고 망설이던 그는 결심이 선 듯 자리에서 일어나, 컴퓨터 쪽으로 자리를 옮겼다. 여러 단계의 복잡한 과정을 거

치자 컴퓨터에서 맑은 신호가 울렸다. 최민하 과장은 깊은 한숨을 내쉬며 모니터의 화면을 바라보았다.

'No signal.'

* * *

큰별은 은하가 누워 있는 침대 옆에 앉아 있었다. 고운도 함께였다. 진동을 느끼며 큰별이 주머니에서 핸드폰을 꺼내 내용을 확인했다. 그러곤 가만히 침대에 핸드폰을 내려놓았다. 은하와 고운이 핸드폰에 선명하게 찍혀있는 두 단어를 바라보았다.

"No signal……."

은하가 조용히 읊조렸다. 은하는 대학교 시절을 떠올렸다.

대학교 4학년 때, 은하는 고운과 함께 윈드서핑 수업을 들었다. 한강에서 진행되는 수업이었는데 당시 은하는 수영조차 할 줄 몰랐다. 접영이나 자유형은커녕, 수면에 가만히 누워 물에 떠 있는 것조차 무리였다. 수업은 총 한 달 동안 진행되었다. 은하는 수업이 진행되는 동안 조금씩 물에 익숙해졌고 마침내 윈드서핑으로 능숙하게 한강을 건널 정도가 되었다. 그러다 어느 날 은하가 한강의 중간쯤 다다랐을 때, 강가에서 고운이 외쳤다.

"구명조끼! 은하야! 구명조끼!"

은하는 그제야 자신이 구명조끼를 입고 있지 않다는 것을 깨달았다. 다리에 힘이 풀렸다. 다시 물에 대한 공포가 스멀스멀 밀려들었다. 그 순간부터 더 이상 패들링은커녕 보드 위에 서 있기조차 버거웠다.

은하는 자신의 머릿속에 블랙박스가 없다는 사실을 알게 되자 그때 보드 위에서 느꼈던 공포가 서서히 차오르는 듯 했다. 그녀의 손이 미세하게 떨리기 시작했다. 고운이 그런 은하의 손을 잡아주었다.

"괜찮을 거야."

고운이 말했다.

구명조끼를 잊었던 그날, 자신에게는 아무 일도 일어나지 않았다. 은하는 그날의 기억을 애써 떠올리며 스스로 주문을 걸었다. 아무 일도 없을 거라고. 괜찮을 거라고. 마치 구명조끼를 안 입은 자신을 발견했던 그때처럼 구명조끼가 없어도 한강을 건널 수 있다고.

마지막 사람

    수술을 마치고 5일이 지났다. 은하는 퇴원 준비를 하고 있었다. 병원에서는 더 휴식을 취하라고 권유했으나, 은하는 막무가내였다.

    "은하야, 너 도대체 또 어쩌려고 그래. 며칠 더 쉬면서……."

    "이제 정말 괜찮아."

    은하는 고운의 말을 끊고는 말을 이었다.

    "이제 현태 씨의 죽음에 대해서는 다 확인했으니 소설도 마무리해야 하고, 방송 기획안도 이번 주까지 끝내볼게. 얼른 뭐라도 하고 싶어. 여기서는 아무것도 못 하겠어. 오늘 경찰서에 피해자 조사도 받으러 가야 해."

은하는 노트북에 빈 문서 파일을 고운의 눈앞에 들이밀었다.

"그래, 널 누가 말리겠니."

고운은 조용히 은하의 짐을 정리해 가방에 넣어주었다. 냉장고를 열어 집에서 가지고 온 밑반찬들을 정리했다. 고운의 시선이 음료수병에서 멈췄다. 그리고 자기 가방을 뒤져 챙겨온 작은 병을 꺼냈다.

"이거, 우리보다는 경위님한테 더 필요할 것 같아."

변기호 소장이 넘겨준 발암균 샘플이었다. 은하는 말없이 병을 받아 손수건으로 감쌌다.

* * *

강남경찰서 흡연실 안. 은하와 큰별은 마주 보고 서 있었다. 큰별은 담배를 권하려다 그녀가 얼마 전 폐암 수술을 받았다는 걸 깨닫고는 도로 자기 입으로 가져갔다. 은하는 옅은 미소를 지었다. 은하는 큰별의 담배에 불을 붙여주려 했으나, 그가 얼마 전 담배를 끊었다는 것을 깨닫고는 머쓱해졌다. 은하는 큰별에게 어깨를 으쓱하며 라이터가 없다고 말했다. 손으로는 라이터 부싯돌을 돌리는 척 해보였다.

은하는 건강검진 받던 날을 떠올렸다. 그날 한 남자가 자신의 라이터를 빌렸다. 라이터를 건네받던 그의 손. 희고, 길고, 유난히 큰 엄지손톱. 은하는 그 손이 브라이언의 사무실에서 만났던 남자 비서의 손과 유난히 닮았다고 생각했다.

이어서 편의점에서 라이터를 샀던 기억도 떠올랐다. 은하는 항상 빨간색 일회용 라이터를 샀다. 생각해보니 손가락이 긴 남자가 은하에게 돌려준 라이터는 자주색이었다. 검진을 마치고 나와 어지러운 탓에 이상하다는 생각을 전혀 하지는 못했었지만, 그날 이후 언젠가부터 은하는 주머니 속 자주색 라이터를 보며 이상하다고 생각했었다. 자주색 라이터. 그것은 아마도 도청기였을 것이다.

이제야 브라이언이 자신에 대해서 많은 것을 알고 있었던 이유를 알 것 같았다. 은하는 자신이 감시당하고 있었다는 생각에 무서웠지만, 블랙박스가 없다는 것을 알았을 때보다는 괜찮았다.

* * *

3층 조사실에 은하와 큰별이 나란히 앉아 있었다. 둘 사이에 커다란 노트북 한 대가 놓여 있었다. 마치 범죄자가 된 듯한 기분에 은하는 조사실 안을 두리번거렸다. 그런 은하를 보고 큰별이 말했다.

"삭막하죠? 긴장하지 않아도 돼요. 그냥 은하 씨가 겪은 일들을 자세히 이야기해주세요."

은하는 잠시 생각에 잠겼고. 큰별은 기다렸다. 이윽고 마음의 준비를 끝마친 듯 은하가 말을 꺼냈다.

큰별은 잠자코 은하의 목소리에 귀를 기울였다. 은하가 편하게 이야기를 할 수 있도록 큰별은 고개를 끄덕이는 정도의 반응을 보일 뿐이었다. 이야기를 마친 후 둘 사이에 잠깐의 정적이 흘렀다. 잠시 후 은하는 가방에서 손수건으로 감싼 유리병을 꺼내 큰별에게 건넸다. 큰별은 마치 성스러운 물건을 다루듯 조심스럽게 받아 병을 증거물 보관 용기에 담았다.

"은하 씨, 정말 수고 많았어요. 오래 잡아둬서 미안해요."

큰별은 노트북을 덮으며 말했다. 은하도 수고했다고 말하고는 가방을 뒤져 흰 봉투를 큰별에게 건넸다. 큰별은 봉투를 열어 액수를 확인하고는 눈을 크게 떴다. 큰별은 은하를 바라보았다. 은하가 어깨를 으쓱대며 말했다.

"저는 일한 만큼만 받으면서 살래요. 그런데 100억 원어치의 일을 하고 싶지는 않아요. '별난 경찰'이랑 같이 다녔더니 저에게도 정의감이라는 게 조금은 생겼나봐요. 이걸로 경위님이 브라이언 잡아주세요."

큰별은 생전 처음 보는 액수의 돈을 들고는 어쩔 줄 몰라 하는 눈치였다. 은하는 그런 큰별을 보고 웃음을 터뜨렸다.

* * *

　조사를 마친 큰별과 은하는 근처 카페에 앉아 이야기를 나누었다. 사건에 대한 이야기는 이미 충분했다. 때문에 각자에 대한 개인적인 이야기가 대부분이었다. 큰별의 할아버지 이야기, 은하의 이모 이야기, 고운이 이야기, 그리고 서로의 꿈 이야기. 큰별은 좋은 경찰이 되고 싶다고 했고, 은하는 좋은 소설가가 되고 싶다고 했다. 둘은 서로의 꿈을 응원하며 이미 잘하고 있다고 생각했다.

　"저는 그동안 밀린 일을 하러 가야 해요. 재판 시작되면 방송도 내보낼 수 있을 테니 얼른 기획안을 마쳐야 하거든요. 내일은 우리 같이 저녁 먹어요."

　어두워진 창밖을 보며 은하가 말했다.

　집까지 데려다주겠다는 큰별에게 은하는 아직 갈 길이 먼데, 쓸데없는 데 시간 낭비하지 말라며 손을 내저었다. 창밖에는 택시가 비상등을 깜빡이며 은하를 기다리고 있었다.

　경찰서에 돌아온 큰별은 휘파람을 불며 사무실로 들어섰다. 사무실 한쪽 벽면을 꽉 채운 모니터에는 의료법 위반과 블랙박스를 훼손한 혐의로 구속 기소된 원형민과 박현우에 대한 공판 일정이 확정되었다는 속보가 나오고 있었다. 큰별은 멈춰 서서 모니터를 바라보며 주먹을 꽉 쥐었다.

* * *

달리는 택시 안에서 은하는 수첩 뒤편부터 써 내려간 소설을 읽
고 있었다. 그러다 고개를 돌려 창밖을 바라보았다. 강변을 달리는
택시의 창밖으로 서울의 야경이 아름답게 펼쳐져 있었다. 마침 읽
고 있던 페이지에서는 주인공들이 제주도의 해안도로를 달리고 있
었다. 은하는 큰별과 함께 해안도로를 달리던 기억이 떠올라 입가
에 미소가 지어졌다.

도심으로 들어온 택시가 좌회전했다. 은하의 집으로 가기 위해서
는 우회전을 해야 했다. 택시 기사를 부르려고 몸을 앞으로 내미는
순간, 은하의 눈에 트럭이 택시를 향해 돌진해 오는 것이 보였다.
은하와 눈이 마주친 택시 기사는 희미하게 웃고 있었다.

순간 은하는 자신에게 블랙박스가 없다는 사실이 떠올랐다. 자기
죽음이 의문사가 되어 남겨진 사람들이 괴로워할 생각을 하니 가슴
이 아팠다.

'이 소설의 마지막은 해피엔딩이어야 하는데……'

은하는 눈을 감았다. 눈에서 눈물이 흘렀다. 은하는 한 손에 수첩
을 꼭 쥐고 있었다.

* * *

자리에 앉아 진술서와 증거물들을 정리하던 큰별의 핸드폰이 울리기 시작했다. 훈직이었다. 오늘은 강력팀 회식이 있는 날이란 걸 잊고 있었다. 특별히 정신없는 한 달을 보낸 훈직과 큰별을 위해 정병욱 팀장이 마련한 자리였다. 큰별은 숨이 찬 것처럼 보이기 위해 헐떡이며 전화를 받았다. 손으로는 증거물들을 서랍에 넣고 있었다.

"어, 훈직아, 지금 나가고 있어. 정리할 게 많아서."

"선배! 교통과 동기한테 연락이 왔는데, 임은하 씨가 조사 받고 돌아가는 길에 교통사고가 났대요."

큰별의 귀에 더 이상 아무것도 들리지 않았다. 전화 너머 훈직의 말이 믿어지지 않았다. 큰별은 핸드폰을 내려놓고 주저앉았다. 어느새 뺨에 눈물이 흐르고 있었다.

* * *

2053. 6. 1. 월요일. IBS Headline NEWS

오늘의 헤드라인입니다.

[더 블랙]의 브라이언 회장이 지난달 발생한 의료법 위반과 블랙박스 훼손과 관련하여 기자회견을 가졌습니다.

"[더 블랙]은 최근 직원을 의료인 면허 없이 불법적으로 건강검진에 참여시킨 혐의를 받고 있습니다. 조사 결과 이는 변기호 연구소장이 독단적으로 지시한 것임이 확인되었습니다. 변기호 연구소장은 그들이 건강검진 중 블랙박스에 손상을 입힌 것을 알고도 무마하려 했고, 이것이 알려지자 극단적인 선택을 했습니다.

어떠한 이유에서든 블랙박스에 대한 관리를 철저히 하지 못한 저는 [더 블랙]을 대표하여 이번 일에 대해 진심으로 사죄드리며, 이와 같은 일이 다시는 발생하지 않도록, 관련법을 개정할 것을 국회와 협의하도록 하겠습니다."

브라이언 회장은 검찰에서 요구할 경우, 이달 열리는 공판에 증인으로 출석하여 수사에 최대한 협조할 뜻을 밝혔습니다.

완벽한 증거

    고운은 중환자실에 누워 있는 은하의 손을 잡고 기도 중이었다. 은하는 며칠째 중환자실에서 의식을 회복하지 못하고 잠들어 있었다. 씩씩하게 병원을 나서던 은하의 마지막 모습이 고운의 머릿속에 선연했다. 의식 없이 누워 있는 은하의 모습을 보니, 그때 자신이 은하를 말렸어야 했다는 후회가 몰려왔다. 고운의 눈에서 눈물이 흘렀다.

    경찰 조사 결과 교통사고를 낸 트럭의 운전기사는 혈중알코올농도 0.213%로 면허 취소 기준을 넘길 만큼 만취 상태였다. 그는 순순히 음주 사실을 인정했다. 운전기사는 본인의 잘못을 순순히 인정했으며, 과실치상 혐의로 구속되었다. 택시 기사는 사고에 대해 아무런 말도 하지 않았다. 은하는 경찰 조사를 마치고 집으로 돌아가던 중 교통사고를 당했고 폐 이식 수술을 받았다. 하지만 이식 수술 합병증으로 코마에 빠졌다.

도심 한복판에서 일어난 사고였다. 목격자도 많았고, 도로의 CCTV와 차량 블랙박스도 많았다. 사고는 간단히 종결되었다. 누구도 은하의 블랙박스를 확인하려 하지 않았다. 큰별이 이제야 뒤늦게 은하에게 블랙박스가 없다는 걸 밝힌다 해도 달라질 것은 없어 보였다. 고운은 자책감에 아무 일도 손에 잡히지 않았다.

고운은 은하의 손을 잡았다. 한동안 멍하니 은하의 얼굴을 바라보았다. 간호사가 들어와 면회 시간이 끝났음을 알렸다. 고운은 은하의 손을 살포시 내려놓고는 강남경찰서로 향했다.

* * *

강남경찰서에서는 큰별을 만날 수 없었다. 정훈직 순경이 큰별이 병가 중이라며 주소를 알려주었다.

은하의 사고 이후 큰별은 충격에서 헤어 나오지 못했다. 양민아를 지키지 못했던 것처럼, 이번에는 은하를 지키지 못했다. 마치 거대한 벽 앞에 놓인 기분에 사로잡혀 큰별은 아무것도 할 수가 없다. 정병욱 팀장은 그런 큰별에게 잠시 휴가를 다녀오라고 권유했고 큰별은 받아들였다. 그리고 집 밖으로 나오지 않았다.

"고운 씨가 여기까지 무슨 일로?"

문 앞에 서 있는 고운을 바라보는 큰별의 눈동자는 비어 있었다. 현관에 들어선 고운은 한눈에 큰별이 괴로움의 시간을 보내고 있음을 알 수 있었다. 거실 바닥에는 널브러진 소주병이 가득했다. 고운은 큰별에게 무언가를 건넸다.

"은하는 절대로 이 경위님을 탓하지 않을 거예요. 아니, 오히려 지금도 이 경위님만 믿고 있을 거예요. 아직 끝나지 않았어요. 경위님이 마무리해주셔야 해요. 은하, 그냥 사고 아니란 거 잘 알잖아요. 우리 은하 저렇게 만든 놈들. 다 죗값 치르게 해주셔야 해요."

고운은 눈물을 참으며 말했다. 고운이 건넨 건 피가 묻어 있는 수첩이었다. 은하가 사고 때도 꼭 잡고 있었던 것. 고운이 돌아간 후 큰별은 은하의 수첩을 읽었다. 은하는 사건의 모든 내용을 빠짐없이 적어놓았다. 변기호 소장이 은하를 찾아와서 했던 말들을 적어놓은 페이지에서 큰별의 눈길이 멈췄다. 그러고는 수첩을 챙겨 집을 나섰다. 아직 할 수 있는 게 있을 것 같았다.

* * *

며칠 만에 사무실에 돌아온 큰별은 자신의 책상 서랍을 뒤졌다.

서랍 안에는 사고 전 은하가 건네준 작은 유리병이 손수건에 싸인 채로 그대로 있었다. 은하의 갑작스러운 사고 소식에 큰별은 그 유리병을 증거물 보관실로 이관하지 못했다. 큰별은 유리병을 챙겨 서지현 검사에게로 향했다.

서지현 검사의 사무실은 이틀 뒤 있을 공판 준비로 분주했다. 특히 이번 공판에는 브라이언 회장이 증인으로 출석하기로 해 서지현 검사와 사무관들은 며칠째 퇴근도 하지 못하고 있었다. 큰별은 서지현 검사의 방문을 열고 들어갔다. 초췌한 큰별의 얼굴을 본 서지현 검사는 하던 일을 멈추고 큰별을 바라보았다.

"저를 증인으로 신청해주세요. 이번 사건에 대해서 저만큼 많이 아는 사람은 없을 거예요. [더 블랙]을 잡을 증거, 찾을 수 있어요."

이 말만을 남기고 큰별은 서지현 검사의 방을 나섰다. 서지현 검사는 큰별의 표정에서 아직 포기하지 않았음을 느꼈다. 서지현 검사는 아무것도 묻지 않았다. 수사에 있어 가장 중요한 것은 의지라고 생각해온 서지현 검사에게 더 이상의 질문은 필요 없었다.

* * *

검찰청을 나선 큰별은 국과수로 갔다. 신우택에게 작은 유리병을 건넸다. 성분분석 의뢰였다. 큰별은 며칠 만에 살이 몰라보게 빠져

핼쑥해져 있었다. 신우택은 큰별을 데리고 가 소파에 눕혔다. 신우택은 걱정 어린 눈빛으로 큰별을 바라보았다.

"법과학부에 가서 성분분석 의뢰하고 올 테니까 너는 영양제나 좀 맞고 누워 있어. 이거 한 병 맞을 때쯤이면 간단한 분석 결과는 나올 거니까 내 말 들어."

신우택은 큰별에게 영양제를 놓아주고는 법과학부로 향했다. 약 기운이 몸에 퍼지는 것을 느끼며 큰별은 곧 잠에 빠졌다. 큰별이 다시 눈을 떴을 때, 신우택은 침대맡에 서서 간이 성분 결과지를 손에 들고 있었다. 큰별이 깨어나는 것을 본 신우택은 큰별 옆에 의자를 가지고 와 앉으며 말했다. 신우택의 표정은 굳어 있었다.

"큰별아, 이거 어디서 난 거야? 정확한 성분 검사 결과가 나오려면 시간이 좀 더 걸리겠지만. 이것만은 확실해. 발암균이야. 폐암을 유발하는 세균이라고. 이 정도의 양이면, 24시간 정도면 암세포가 온몸에 전이돼서 손도 써보지 못하고 죽을 거야."

암 관련 세균은 암이 이미 나타난 후 건강한 조직을 감염시키는 것으로 여겨져 왔지만, 최근에는 헬리코박터 파일로리와 위암의 관계 등 직접 특정 세균이 암을 일으킬 수 있다는 증거가 발견되며 연구가 진행되고 있었다. 변기호 소장의 말은 사실이었다. 큰별은 이제 [더 블랙]을 잡을 물증을 손에 넣었다고 생각했다. 큰별은 아무 말 없이 고개를 끄덕이며 발암균이 담긴 병을 다시 받아 챙겼다.

* * *

　같은 시각 [더 블랙] 본사 펜트하우스에서는 브라이언이 비서에게 보고를 받고 있었다. 조금 전 검사는 경찰 한 명을 증인으로 신청했다. 브라이언 손에는 이큰별 경위에 대한 자료가 들려 있었다. 자료를 살펴보는 브라이언의 표정에는 짜증이 가득했다.

　"이큰별 경위를 만나야겠어요. 일개 형사가 무슨 생각을 하고 있는지 알아야 대처가 가능하겠죠. 절대 거절하지 못할 제안을 준비하도록 해요."

　브라이언은 비서에게 자료를 건네고 일어나 창밖을 내려다보았다.

* * *

　다음 날, 큰별은 브라이언과 마주 앉아 주변을 살펴보았다. 서울의 스카이라인이 한눈에 들어오는 고급스러운 라운지. 앞에 앉아있는 흐트러짐 없고 선한 인상의 브라이언. 그 앞에서 자신도 모르게 주눅이 드는 느낌이었다.

　'은하 씨도 많이 떨렸을 거야.'

　큰별이 감상에 젖으려 할 때 브라이언이 손짓으로 차를 권유했다. 손목에는 BBB 자수가 선명했다.

"요즘 세상에 경위님같이 훌륭한 경찰이 있는지 몰랐습니다. 경위님이 아니었다면, 블랙박스를 훼손하고 진실을 왜곡하는 것을 막지 못했을 겁니다."

브라이언은 태연한 표정으로 말했다. 큰별은 가식적인 브라이언의 얼굴에 바로 주먹을 날리고 싶었지만 감정을 억눌렀다.

"저는 그저 경찰로서 해야 할 일을 할 뿐입니다. 저를 보자고 한 이유가 뭔가요? 회장님같이 높은 분이 저 같은 일개 형사를 격려하려고 부르신 것 같지는 않은데요."

큰별은 침착하려 애쓰며 말했다.

"성격이 급하시군요. 맘에 들어요. 증인으로 나온다고 들었습니다. 증거 없는 증언은 힘이 없죠. 경찰이니 그건 잘 알고 계시죠?"

브라이언은 마시던 차를 테이블에 올려놓으며 말했다.

"회장님 앞에 지금 제가 앉아 있다는 것이 그 증거가 될 것 같다는 생각이 드네요."

큰별은 태연하게 대답했지만, 브라이언이 자신의 범죄를 고백하게 할 방법을 고민하느라 머릿속이 복잡했다. 큰별은 정공법을 택했다.

"[더 블랙]에서 피해자들의 블랙박스를 제거했고, 발암균이나 그에 준하는 병원체를 이용하여 그들을 죽였습니다. 이 정도면 증거가 충분하지 않을까요? 아시겠지만 제 머리에는 블랙박스가 있습니다. 회장님의 한마디 한마디가 제 블랙박스에 기록되고 있으니, 말씀을 가려 뱉으시는 게 현명하실 것 같네요."

큰별은 가지고 있는 패를 내보이며 브라이언을 도발했다. 그러나 브라이언의 표정은 변함없었다.

"경찰 3년 차라고 알고 있습니다. 아직 블랙박스에 대해서 잘 모르시는 것 같군요. 블랙박스의 모든 영상을 확인할 권리는 그 누구에게도 없습니다. 설사 이큰별 경위가 확실한 목격자라고 해도 그 블랙박스는 절대로 세상에 공개될 수 없을 것입니다. 그게 [더 블랙]의 힘이죠. 헛된 기대는 하지 않는 게 좋을 겁니다."

브라이언은 자신감에 넘치는 표정이었다. 사람들의 블랙박스에 담겨 있는 진실을 마음대로 공개하거나 감추거나 할 수 있는 권력을 가진 자의 여유가 느껴졌다. 큰별의 눈빛이 흔들렸다. 브라이언이 말을 이었다.

"부검으로 블랙박스가 제거된 것을 확인했다고 들었습니다. 기자회견에서 밝혔듯이 우리 연구소장이 독단적으로 지시한 일이었습니다. 그리고 발암균, 설사 발암균을 확보했다고 하더라도 그게 타살의 직접적인 원인이라는 증거가 될 수는 없을 겁니다. [더 블랙]에서 사람들의 병의 원인이 될 수 있는 것들을 다루는 일은 너무 당연한 일이니까요."

브라이언의 말에 큰별은 반박할 말을 찾고 있었다. 그러나 포기할 수밖에 없었다. 이제 큰별은 브라이언에게 자백을 받아내는 것밖에는 방법이 없었다. 물론, 자백을 받아내더라도 자신의 블랙박스 영상을 증거로 사용할 수 있을지 확신은 서지 않았다.

　"말씀을 들어보니 정말 그동안 헛수고를 한 것 같군요. 하나만 묻겠습니다. 이은성, 윤현태, 양민아, 변기호. 그들을 왜 죽였습니까? 죽이지 않더라도 그들의 입을 막는 방법은 많았을 텐데요. 제 블랙박스 정도는 회장님께 문제가 아닐 테니 말씀해주시죠."

　큰별은 체념한 듯 한숨을 쉬며 브라이언에게 물었다.

　"사람은 모두 거짓말을 합니다. 그리고 어떤 거짓말은 세상에 큰 피해를 주죠. 죽은 사람들은 알아서는 안 되는 것들을 알고 있었습니다."

　브라이언은 자리에서 일어나 창가 쪽으로 걸어가며 말했다. 큰별은 숨을 죽이며 브라이언이 걸어가는 모습을 바라보았다. 그러고는 앞에 놓인 차를 한입에 털어 넣었다. 큰별의 인상이 찡그려졌다. 브라이언은 창밖을 바라보며 말했다.

　"궁금하다 하시니 알려드리죠. 모두 블랙박스를 지키기 위해서였습니다. 나아가서는 세상을 지키기 위해서. 비밀을 알게 되면 사람들은 입을 다물겠다고 하지만 그저 순간의 거짓말일 뿐이죠. 언젠가는 그걸 이용하려고 합니다. 그게 인간입니다. 확실하게 하기 위해서는 그들이 사라져야 했습니다. 정의를 위해서는 희생이 따르는 법이죠."

큰별은 범죄를 정의라는 단어로 포장하는 그의 말을 들으며 참을 수 없는 화가 치밀었지만, 꾹 참았다. 자기 눈과 귀에 최대한 많은 고백을 담아야 한다는 생각만 하려고 노력했다.

"임은하 씨한테는 왜 그랬습니까? 그녀는 아무것도 모르는 일반인이었을 뿐입니다."

큰별의 질문에 브라이언은 자리로 돌아와 앉으며 말했다.

"확실하게 하기 위해서는 모든 가능성을 제거해야 한다는 것이 저의 신념입니다."

감정이 느껴지지 않은 브라이언의 대답에 큰별은 참을 수 없는 분노를 느꼈다. 큰별은 자리를 박차고 일어났다.

"난 끝까지 할 겁니다."

큰별은 브라이언을 노려보며 외치고 엘리베이터 쪽으로 걸어갔다. 브라이언은 다리를 바꿔 꼬며 비웃으며 말했다.

"당신이 무얼 보고, 무얼 듣고, 무얼 가졌든 아무런 소용이 없을 겁니다. 나는 이큰별 경위가 현명한 선택을 하기 바랍니다. 어차피 묻힐 작은 진실 때문에 고생하지 말고, 정말 세상에 필요한 정의를 위해 나와 손을 잡는 게 좋을 겁니다. 나와 함께한다면 이큰별 경위는 경찰의 가장 높은 곳까지 갈 수 있을 거예요. 약속하지요.

내일 법정에서 이큰별 경위가 어떤 정의를 선택할지 확인하겠습니다."

엘리베이터 문이 열리자 큰별은 엘리베이터에 타서 브라이언을 향해 말했다.

"정의라는 말은 그럴 때 쓰는 게 아닙니다."

* * *

큰별은 검찰청 서지현 검사를 다시 찾아왔다. 서지현 검사는 오늘도 공판 준비로 정신이 없어 보였다.

"목격자 블랙박스 추출 영장을 신청해주세요."

큰별은 차분한 목소리로 말했다.

"목격자? 누구?"

서지현 검사가 서류를 정리하다가 멈춰 서서 영문을 모르겠다는 표정으로 물었다. 큰별은 말없이 자기 머리를 손가락으로 가리켰다.

"네가 확실한 뭔가를 보기는 한 거야? 도대체 그게 뭔데?"

서지현 검사가 큰별 쪽으로 몸을 돌리며 물었다.

"브라이언이 저를 회유하려고 했어요. 그리고 자신이 한 짓을 인정했어요. 제가 정확히 보고 들었어요."

단호한 큰별의 말에 서지현 검사는 고개를 가로저었다. 큰별의 생각대로 될 수 있을지 검사로서 확신이 서지 않았다. 물론 가능하기는 한 일이었지만 넘어야 할 산이 너무 많았다. 안 그래도 검찰과 법원은 사건이 커지는 것을 경계하고 있어 블랙박스 추출 영장이 받아들여질 것 같지 않았다. 설사 영장이 나온다고 해도 [더 블랙]이 24시간도 남지 않은 공판 전에 블랙박스를 추출해줄 리 없었다. 그런 상황을 큰별도 알고 있을 터였다. 서지현 검사가 큰별의 의도를 파악하려고 잠시 생각에 잠겼을 때 큰별이 단호한 표정으로 다시 말했다.

"한 군데 있잖아요. 법원. 현장 증인 영상 추출이라면 [더 블랙]도 손쓸 수 없을 거예요."

큰별은 더 이상 별난 경찰이 아니었다. 앞에 서 있는 형사 이큰별은 진짜 경찰이 되어 있었다. 법원에서는 재판 중 증언의 진위를 확인하기 위해 블랙박스의 영상을 바로 추출할 수 있도록 블랙박스의 추출과 상영이 가능한 장비를 보유하고 있었다.

"그래, 그런 방법이 있었지. 잘 될지는 모르겠지만 할 수 있는 데까지 해보자."

서지현 검사는 서둘러 사무관들에게 몇 가지 지시를 내리고 큰별을 바라보며 고개를 끄덕였다. 큰별은 아무런 말도 하지 않고 서지현 검사를 바라보며 미소를 지었다. 오랜만에 보는 천진한 표정의 큰별은 침착해 보였다.

"제가 할 수 있는 일을 끝까지 해서 후회 없는 경찰이 되고 싶어요."

큰별의 마지막 말에 서지현 검사는 자신도 그렇게 하리라 다짐했다.

* * *

훈직과 큰별은 정병욱 팀장의 방에서 팀장을 기다리고 있었다. 아까부터 인상을 쓰고 있는 큰별을 안쓰럽게 바라보며 훈직이 입을 열었다.

"선배, 얼굴이 안 좋아 보이는데, 조금 더 쉬는 게 좋지 않겠어요? 굳이 선배가 증인으로 나설 필요가 있을까 싶어서요."

큰별은 힘없이 웃어 보였다. 팀장이 문을 열고 들어오더니 힘없이 자리에 앉았다. 그는 테이블 위에 뿔테 안경을 벗어놓고 두 눈을 찡그린 채 얼굴을 손으로 비벼댔다.

"그동안 수고했다. 우린 여기까지만 하자."

팀장의 말에 큰별과 훈직은 서로 멀뚱하게 쳐다보았다. 둘의 표정을 살핀 팀장은 말을 이었다.

"원형민하고 박현우는 구속될 거야. 블랙박스 훼손을 지시한 변기호 소장이 사망했으니 공소권 없음으로 처리될 거고. 다들 기자회견은 봤지?"

　정병욱 팀장은 서장에게 이번 사건의 처리에 관해서 듣고 내려왔다. 부검으로 확인된 블랙박스 제거에 대해서는 의도적인 제거가 아닌 검진 과정 중 실수에 의한 훼손으로 정리하기로 검찰총장이 판사와 뜻을 모았다. 변기호 소장의 유서는 [더 블랙]에서 만들어 언론에 공개한 유서와 진위를 다투게 될 것이다. 큰별의 블랙박스에 대한 영장 청구는 법원에서 기각할 것이며 브라이언이 장담한 대로 공개되지 못할 것이다.

　"그래도 이 일로 경찰이 피해 보지는 않을 거야. 이 정도만 해도 잘한 거야. 그동안 그 누구도 하지 못한 일을 한 거야, 너희."

　큰별은 주먹을 꽉 쥐고 이를 악다물었다. 하지만 아무런 말도 하지 않았다. 훈직은 큰별의 표정을 살피며 말했다.

　"그래요. 선배, 앞으로는 [더 블랙]에서도 블랙박스를 함부로 건드리지 못할 거예요. 특별법도 개정한다고 하잖아요."

　큰별의 표정은 계속 어두웠다. 기침이 점점 심해지는 큰별을 정병욱 팀장과 훈직이 안쓰럽게 쳐다봤다.

　"큰별아, 내일 증인 안 나가면 안 되겠냐? 네가 증인으로 나선다고 해서 달라질 건 없을 거야. 너만 위험해질 뿐이라고. [더 블랙]이고 브라이언이고 다음번에는 꼭 잡자. 그러니 이번에는……."

　걱정스러운 표정으로 큰별을 설득하는 팀장의 말을 끊고 큰별이 말했다.

"다음에 언제요? 그놈들은 앞으로 더 확실한 방법으로 이보다 더한 짓들을 할 거예요. 지금보다 더 완벽하게 할 거라고요. 그러니 지금 할 수 있는 건 다 해볼 거예요."

힘없이 말하는 큰별의 눈에는 눈물이 고여 있었다. 정병욱 팀장은 한숨을 내쉬며 자리로 돌아가 서랍에서 감기약을 꺼내 큰별에게 건네며 말했다.

"그래, 할 수 있는 만큼 다 해봐! 후회 없이! 그리고 담배 좀 끊어, 인마!"

* * *

공판기일 법정은 방청객과 기자들, 그리고 카메라로 가득했다.

검사와 변호사가 사건에 대한 모두발언을 마치고 첫 번째 증인으로 브라이언이 나왔다. 그는 낮은 목소리로 증인 선서를 했다. 모두의 예상대로 브라이언은 사건에 대해 모르쇠로 일관했다. 다만 관리책임은 엄중히 인정하며 대가를 치르고 사회에 공헌할 것임을 밝혔다. 다분히 취재진을 의식한 준비된 멘트였다.

다음 증인으로 이큰별 경위가 증인 신문을 위해 증인석으로 올라섰다. 큰별은 증인 선서를 마치고 자리에 앉았다. 큰별의 표정은 한눈에 보아도 어두웠다. 그는 계속 기침을 해댔다. 서지현 검사와 눈이 마주친 큰별은 살짝 고개를 끄덕였다. 방청석에서는 정병욱 팀장과 훈직이 큰별을 걱정스러운 눈빛으로 바라보고 있었다.

"증인은 이 사건의 담당 형사 맞죠?"

검사복을 입은 서지현 검사가 큰별 앞으로 다가가 증인 신문을 시작했다.

"네."

큰별은 짧게 대답했다.

사건 수사 경과에 대한 이야기를 마치고 서지현 검사가 물었다.

"증인은 이 사건의 배후에 누군가가 있다고 생각하는 건가요?"

"네. 저는 [더 블랙]이 이 사건에 깊이 관여되어 있고 모든 지시는 저기 앉아 있는 브라이언 회장을 통해 이루어졌다고 확신하고 있습니다."

큰별이 브라이언을 가리키며 말했다. 피고인 측 변호사가 일어나 소리쳤다.

"이의 있습니다. 증인의 주관적 주장일 뿐입니다."

"인정합니다. 증인! 증거 없는 주장은 아무런 도움이 되지 않습니다. 삼가세요!"

판사는 서지현 검사와 큰별을 번갈아 쳐다보며 인상을 구겼다.

"증거…… 있습니다."

큰별의 말에 장내가 술렁거렸다. 브라이언의 표정이 일그러졌다. 서지현 검사가 판사를 향해 증거목록을 가리켰다. 순간 판사와 방청석에 앉아 있는 브라이언의 눈빛이 허공에서 교차했다.

"목록은 확인했지만 받아들일 수 없습니다. 검사, 알고 있지 않습니까? 블랙박스 특별법에서는 목격자의 경우 충분히 인정할 정도의 증거를 가지고 있는 때에만 블랙박스 영상 추출이 가능합니다. 단순한 본인의 주장을 근거로 블랙박스 영상을 추출할 수는 없습니다."

판사는 서지현 검사를 향해 큰 소리로 다그쳤다. 그때 큰별이 다시 한번 큰 소리로 말했다.

"재판관님, 저는 잠시 후에 사망할 것입니다. 아마도 폐암으로 죽게 될 것입니다."

큰별의 말에 법정이 한순간 고요해졌다. 서지현 검사도 급히 몸을 돌려 큰별을 바라보았다. 훈직은 크게 놀라 자리에서 일어났다. 정병욱 팀장은 고개를 푹 숙였다. 큰별은 서 있는 것조차 힘에 겨워 보였지만 그의 표정은 확신에 차 있었다.

"제가 죽게 된다면 현장에서 사망한 시신에 대해서는 당연히 블랙박스를 확인해야겠죠? 이 자리에서 저의 블랙박스를 확인하기 전에 제가 먼저 증언하겠습니다."

브라이언은 굳은 표정으로 옆에 앉은 변호사들을 쳐다봤다. 변호사들은 당황한 표정으로 서로를 바라볼 뿐이었다.

"저는 약 24시간 전, [더 블랙]이 만들어낸 폐암 발암균을 마셨습니다. 브라이언 회장 앞에서요. 그 순간 브라이언 회장은 본인의 범죄에 대해 인정하는 발언을 하고 있었습니다. 제가 마신 발암균은 24시간 이내 사망에 이르게 하는 분량입니다. [더 블랙]의 변기호 소장을 통해 전달받았습니다. 변기호 소장은 죽기 전 자신에게 주사된 발암균을 찾아 진실을 밝혀달라며 방송사에 건넸습니다."

큰별의 기침은 점점 심해졌고 갈수록 안색이 창백해졌다. 공판이 시작되기 전부터 온몸이 찢어질 듯한 고통을 가까스로 참고 있었다. 마지막 힘을 짜내는 듯 고통스러운 표정으로 큰별은 말을 이었다.

"이제 시간이 얼마 남지 않았습니다. 제가 죽지 않는다면 저는 위증의 벌을 받겠습니다. 하지만 이 자리에서 제가 죽고 블랙박스에서 저의 증언이 사실로 확인된다면, 저의 증언과 증거는 완벽하게 인정되어야 할 것입니다. [더 블랙]은 자신들에게 위협이 되는 사람들의 블랙박스를 제거했고 그들에게 발암균을 주사했습니다. 만약 이 자리에서 진실이 밝혀지고도 그들이 처벌받지 않는다면, [더 블랙]이 앞으로 얼마나 더 많은 사람을 죽일지 모릅니다."

큰별의 발언이 끝나고 법정에는 긴 침묵이 흘렀다. 간혹 들리는 사람들의 기침 소리가 적막함을 더 크게 느껴지게 했다. 방송국의 카메라는 열심히 큰별과 브라이언의 얼굴을 찍고 있었다. 판사는 우배석 판사와 좌배석 판사를 불러 이야기를 나누기 시작했다. 서지현 검사는 쓰러질 것 같은 큰별에게 다가가 부축했다. 큰별은 힘없는 목소리로 서지현 검사에게 말했다.

"이제 검사님이 해주셔야 해요."

서지현 검사는 큰별의 손을 힘껏 잡았다. 큰별의 손과 몸의 힘이 점점 빠지는 것이 느껴졌다. 서지현 검사는 울먹이며 큰 소리로 응급요원을 불렀다.

한 시간 같은 5분이 지나가자 큰별은 고통에 몸부림치며 쓰러졌다. 법원의 경비원들이 큰별을 눕히고 바로 응급요원이 달려왔다. 바로 응급처치를 시작했지만, 이미 멈춰버린 큰별의 심장은 다시 뛰지 않았다.

믿을 수 없는 일이 벌어졌지만, 그 누구도 아무런 말을 할 수가 없었다. 오직 브라이언만이 조용히 법정을 빠져나가고 있었다. 방청석 맨 뒤에 앉아 있던 정병욱 팀장과 훈직이 그를 막아섰다.

이큰별 경위는 죽었다.

* * *

법정에 대형 EP가 설치되고, 큰별의 블랙박스 영상이 재생되었다. 법정 안에 있는 모든 이들은 숨을 죽이고 영상을 바라보았다.

법정에서 쓰러진 큰별의 눈에 담긴 서지현 검사의 얼굴과 응급요원들의 표정이 고스란히 영상에 담겨 있었다. 잠시 후 큰별의 죽음에 영향을 미친 24시간 전의 영상이 이어져 나오기 시작했다.

큰별은 브라이언과 나란히 앉아 차를 마시고 있었다. 브라이언이 자리에서 일어나 창가 쪽으로 걸어가기 시작하자 큰별은 주머니에서 작은 병을 꺼내 앞에 놓인 차에 발암균을 탔다. 그리고 그것을 마셨다. 자신이 마시는 것이 암세포라고 생각하자, 마치 독주를 마시는 것과 같이 무언가 뜨거운 것이 몸으로 퍼지는 듯한 느낌이 들었다. 큰별은 자기도 모르게 인상을 썼다. 그 순간 브라이언은 그것을 눈치채지 못했다.

큰별은 자신의 블랙박스 영상을 온전히 공개할 수 있는 방법을 고민했다. 아무리 생각해봐도 이것밖에는 방법이 없을 것 같았다. 블랙박스 영상에는 죽는 순간과 죽음에 영향을 미친 순간이 함께 기록된다는 것을 큰별은 잘 알고 있었다. 자신이 법정에서 죽는다면, 바로 블랙박스를 확인하게 될 것이다. 그리고 그곳에서는 아무리 [더 블랙]이라고 할지라도 영상의 추출을 방해하거나 조작하지 못할 것이다.

브라이언은 큰별을 등지고 자신이 블랙박스를 지키기 위해 벌인 일들을 이야기하기 시작했다. 큰별은 정신을 바짝 차리고 자신의 눈과 귀에 브라이언의 증언을 담았다.

15년 전, 이은성 회계사는 [더 블랙]의 회계감사에서 발견된 불법적인 비자금과 브라이언의 탈세, 횡령의 정황을 발견하고, 이를 무마시키는 대가로 큰돈을 받았다. 하지만 최근 경제적 어려움을 겪은 그는 브라이언을 찾아가 그 일을 세상에 알리겠다며 협박했다. 브라이언은 15년 전 확실하게 입막음하지 못한 것을 후회하고 그를 죽일 것을 지시했다. 이번에는 확실하게 처리하기 위해 건강검진을 통해 이은성 회계사의 블랙박스를 제거하고, 심장마비를 일으키는 약물을 사용했다.

　또 비밀리에 추진 중인 블랙박스 영상 조작을 위한 연구에 대해 윤현태 실장이 눈치를 채고 현황을 확인하려 하자, 윤현태 실장과 이를 알고 있는 양민아 대리, 그리고 그의 전 여자 친구 임은하까지 제거하라고 지시했다. 완벽한 비밀을 위해 윤현태 실장을 감싸는 듯한 변기호 소장까지도 함께 처리하도록 했다.

　이은성 회계사, 윤현태 실장은 계획대로 심장마비로 사망했지만, 갑자기 찾아오는 심장마비로 인해 그들은 병원이 아닌 곳에서 사망했다. 그로 인해 경찰의, 아니 큰별의 의심이 시작되자 브라이언은 변기호, 임은하에게는 발암균을 사용할 것을 지시했다. 그래야 죽기 전 고통을 느낀 그들이 스스로 병원을 찾아가 의심 없이 최후를 맞게 될 것이기 때문이다. 윤현태와 같은 날 건강검진을 받은 양민아에게는 윤현태와의 사인을 달리하기 위해 발암균이 사용되었다.

"임은하 씨한테는 굳이 왜 그런 일을 한 겁니까? 그녀는 아무것도 모르는 일반인이었을 뿐입니다."

마치 무용담을 늘어놓듯 자랑스럽게 자신이 벌인 일을 이야기하는 브라이언에게 큰별은 절규하듯 물었다.

"확실하게 하기 위해서는 모든 가능성을 제거해야 한다는 것이 저의 신념입니다. 그리고 그녀가 그렇게 된 것에는 이큰별 경위 탓도 있습니다. 힘들게 암 수술을 받고, 그것도 모자라 교통사고까지 당해야 했으니까요."

당당한 브라이언의 대답에 큰별은 자기도 모르게 자리에서 일어났다. 큰별의 블랙박스 영상은 흔들림 없이 브라이언의 모습만을 담고 있었다.

EP의 재생이 끝나자, 법정은 소란스러워졌고, 판사는 휴정을 선언했다.

큰별의 할아버지는 블랙박스를 못 믿고 바닥에 다잉메시지를 남겼지만, 큰별은 할아버지가 믿지 못한 블랙박스를 믿고 온 힘을 다해 다잉메시지를 자기 눈과 귀에 남기며 생각했다.

'이것이 완벽한 증거가 되어줄 거야.'

에필로그 1

큰별은 은하의 병실에서 한동안 은하를 바라보았다. 그리고 은하의 머리맡에 은하의 수첩을 놓아두고 나왔다. 수첩에 꽂아놓은 쪽지에는 큰별의 메모가 남겨져 있었다.

'지켜주지 못해 미안합니다.'

* * *

큰별의 차가 외곽에 위치한 추모관에 들어섰다. 봉안당에는 가족들이 가져다 놓은 조화, 꽃, 편지와 사진들이 가득했다.

큰별은 엄마, 아빠, 그리고 할아버지의 유골함이 놓인 봉안당 앞에서 차례대로 인사를 드렸다. 그리고 가족사진이 놓인 액자를 깨끗이 닦고 조화를 놓았다. 그렇게 한 시간가량 큰별은 가족들과 시간을 보내고 봉안당을 나섰다.

할아버지의 유골함 옆에는 큰별의 경찰 신분증과 배지가 놓여 있었다.

에필로그 2

은하가 제주도에 온 지 2주가 지났다.

그 일이 있은 지 벌써 2년이라는 시간이 흘렀다.

의료인 면허 없이 건강검진에 참여한 두 명의 용의자에 대한 재판에서 큰별의 증언과 블랙박스로 [더 블랙] 브라이언 회장은 법정에서 긴급 체포되었다. 그는 블랙박스 훼손 및 살인 교사 등의 혐의로 구속되어 새로운 재판이 시작되었다. 하지만 재판은 지금까지도 진행 중이다.

'휴먼 블랙박스 프로젝트'가 처음 시작되었던 때처럼, 이번 재판을 통해 사람들은 블랙박스 특별법의 개정을 위한 국민 청원을 진행했으며, 그 결과 [더 블랙]의 특혜를 최소화하는 블랙박스 특별법이 개정되었다. 고운의 방송은 진실을 밝히고 국민 청원 여론을 만드는 데 큰 역할을 했다.

은하는 코마에 빠진 지 3개월 만에 의식이 돌아왔다. 긴 잠에서 깨어난 은하는 그간 발생한 일들에 대해 고운에게 전해 들었다. 자신에게 일어난 사고와 큰별의 죽음의 충격에서 벗어나는 데 시간이 걸렸지만, 고운과 함께 일하며 천천히 일상에 적응해 갔다. 큰별이 진짜 경찰의 길을 간 것에 대해서 슬퍼하기보다는 칭찬해주는 것이 큰별이 원하는 일이라는 생각이 들었다. 프리랜서로 일하며 작가 활동을 하게 된 은하는 소설책을 출간하고 제주를 찾았다.

제주도 구좌읍 한동리의 작은 북카페에 혼자 들어간 은하는 창가에 앉아 커피를 마시며 가방에서 책을 한 권 꺼냈다.

블랙박스의 비밀, 지은이 이큰별·임은하

책을 쓰다듬는 은하의 눈에서 눈물이 흘렀지만, 닦지 않았다. 은하와 큰별은 모두 자기 할 일을 모두 마쳤다. 은하는 책을 조용히 책장 한편에 꽂아 놓고 카페를 나섰다. 책의 첫 페이지에는 은하가 남긴 메모가 적혀 있었다.

'지켜줘서 고맙습니다.'

2년 전 그날처럼 날씨는 맑았고 하늘은 유난히 높았다.

작가의 말

오랫동안 블랙박스가 없는 차를 타고 다녔습니다. 언젠가 평소와 다름없이 운전하다가 문득 이런 생각이 들었습니다.

'내가 만약 지금 교통사고로 죽는다면, 가족들은 내가 왜 죽어야 했는지 궁금하겠지?'

출근길로 정체된 한남대교 위였고, 멀리 앞쪽에는 고장 난 차량이 한 대 서 있었습니다.

가족 중 누군가는(아마도 평소 미스터리물을 즐겨보는 아내일 것 같습니다.) 사고가 왜 발생했고, 내가 왜 죽어야만 했는지, 나의 죽음을 쉽사리 받아들이지 못할 것 같았습니다.

만약 다른 사람의 잘못으로 사고가 난 것이라는 의심이라도 든다면, 남겨진 가족들은 사고 원인을 입증하기 위해 애쓸 것이고, 혹시 상대가 잘못을 인정하지 않는다면, 지지부진한 소송으로 힘들어질 것을 뻔히 알면서도 고생을 기꺼이 감수할 것이라는 생각도 들었습니다.

'지금 내가 보고 듣는 것들을 있는 그대로 남겨진 가족들이 볼 수 있다면. 들을 수 있다면. 충분하지 않은 화질과 음질, 한정된 시야의 차량용 블랙박스나 CCTV의 영상을 보는 것보다, 그리고 믿을 수 없는 목격자의 증언을 듣는 것보다 좀 더 쉽게 나의 죽음을 받아들일 수 있지 않을까?'

이런 조금은 우울한 상상에서 이야기가 시작되었고, 몇 년 동안 머릿속에서 맴돌았습니다. 그사이에 가까운 친척 두 분이 고독사로 돌아가시는 일이 1년 간격으로 있기도 했습니다.

대한민국의 자동차 블랙박스 보급률은 80%가 넘는다고 합니다. 이런 세상도 예전에는 미처 상상하지 못했었죠. 어느 날인가 문득 나도 모르는 사이에 이 책처럼 사람의 뇌에 블랙박스가 있는 세상에서 살고 있을지도 모르겠습니다. 언제나 새로운 기술은 생겨나고, 그 기술은 또 다른 문제점을 낳고, 기술과 문제에 대한 새로운 법이 나오고…… 변증법적으로 사회는 발전할 것으로 생각하니까요. 늘 그래왔던 것처럼.

그런 세상 속에서 큰별과 은하는 결과적으로 실패한 것 같습니다. 하지만, 큰별은 조금쯤 '진짜 경찰'이 되었고, 은하는 썩 '괜찮은 이야기'를 써냈습니다. 새롭고 편리한 세상을 만드는 것은 소수의 천재일지도 모르겠습니다. 그래도 세상을 조금 더 살기 좋은 곳로 만드는 것은 묵묵히 자기 할 일을 하는 사람들 아닐까요.

다 떠나서 그저 재미있는 이야기를 쓰고 싶었습니다. 모쪼록 이 글을 읽는 독자 여러분들이 제가 상상한 세상과 인물, 혹은 다른 그 어떤 것에서든 조금이나마 재미를 느끼고 공감하셨으면 좋겠습니다.

이 책을 읽어주신 모든 분께 진심으로 감사의 마음을 전합니다.

마지막으로,

이제는 제 차에도 블랙박스가 있습니다.

세웅

추천의 글

작가가 펼쳐준 미래의 어느 소동은 현실을 사랑하고 껴안아 주는 힘에서 비롯된다. 지금의 시간을 사랑하고 시대민을 어루만지는 힘에서 시작된다. 그렇기에 작가가 만들어낸 이야기와 인물들은 지금의 우리가 이해 가능한 심정에 놓여 있고 그들의 발작과 용기들도 이 시대에 필요한 부분들이다.

미래의 이야기 속에서 현실을 투영해 보여준다는 것, 이 얼마나 멋진 일인가. 과도한 상상도 있고, 있을법한 설정도 버무려지며 작가의 상상은 속도감 있는 전개로 우리를 활자경 안으로 끌고 들어간다. 부디, 이 늠름한 글쓰기가 우리 숨이 머무를 순간까지 이어지고 이어지길 바란다. 마지막 블랙박스를 꺼내 들었을 때 그의 눈앞에 작업 중인 원고가 보였으면 한다.

_ **장진** 영화감독

나를 둘러싼 블랙박스와 CCTV를 보며 안도감과 함께 묘한 두려움을 느낀다. 안전을 담보로, 감시받는 기분. 그래도 '안전'이 우선이라고 조금 더 안도해왔다. 하지만, 뇌에 블랙박스를 심어놓는다면?!

정보는 힘이다. 부도덕한 집단이 정보를 독점할 때 어떤 일이 벌어지는지, 우리는 숱한 사례로 확인했다. 작가의 '현실적인 상상력'에 단숨에 소설을 완독하며 바랐다. 부디 진실은 '별난 경찰'의 편이길.

_ **심수미** JTBC 기자

고독사라는 현대사회의 문제와 기술 발전이 불러올 미래의 문제를 조화롭게 엮어낸 작가의 상상력에 빠져든다. AI 시대를 맞이한 오늘날, 한번쯤 생각해봤을 단편적 상상을 군더더기 없이 깔끔한 스토리 라인과 전개로 풀어내며, 매 장면 다음 사건을 궁금하게 만든다. 블랙박스의 역할이 점점 부정적으로 변해가는 과정에서 퍼즐처럼 맞춰지는 사건들, 그리고 사건들이 하나씩 연결되며 드러나는 진실은 결말에 대한 궁금증을 증폭시키며 독자를 이끈다.

그러나 이 소설의 진정한 매력은 기술 발전이 인간의 자유와 생명을 어떻게 조작할 수 있는지에 대한 깊이 있는 통찰에 있다. 인간의 삶이 기록되고 통제되는 시대가 온다면, 과연 개인의 자유는 어디까지 보장되어야 할까? 이러한 윤리적 문제에 대한 작가의 고뇌가 담긴 이 소설은 곧 우리가 직면할지 모를 미래 사회의 명과 암을 그려내며, 독자에게 깊은 여운을 남긴다.

_ **정우철** 작가, 도슨트

죽은 자의 블랙박스를 요청합니다

2024년 10월 30일 초판 1쇄 발행

지은이 세웅(SeUng)
펴낸이 이원주 **경영고문** 박시형

책임편집 강소라 **디자인** 심디
기획개발실 김유경, 강동욱, 박인애, 류지혜, 이채은, 조아라, 최연서, 고정용
마케팅실 양근모, 권금숙, 양봉호, 이도경 **온라인홍보팀** 현나래, 신하은, 최혜빈
디자인실 진미나, 윤민지, 정은예 **디지털콘텐츠팀** 최은정 **해외기획팀** 우정민, 배혜림
경영지원실 홍성택, 강신우, 김현우, 이윤재 **제작팀** 이진영
펴낸곳 팩토리나인 **출판신고** 2006년 9월 25일 제406-2006-000210호
주소 서울시 마포구 월드컵북로 396 누리꿈스퀘어 비즈니스타워 18층
전화 02-6712-9800 **팩스** 02-6712-9810 **이메일** info@smpk.kr

© 세웅(SeUng)
• 저작권자와 맺은 특약에 따라 검인을 생략합니다
ISBN 979-11-94246-37-4 (03810)

쌤앤파커스(Sam&Parkers)는 독자 여러분의 책에 관한 아이디어와 원고 투고를 설레는 마음으로
기다리고 있습니다. 책으로 엮기를 원하는 아이디어가 있으신 분은 이메일 book@smpk.kr로 간
단한 개요와 취지, 연락처 등을 보내주세요. 머뭇거리지 말고 문을 두드리세요. 길이 열립니다.